12 y Cuentos Cortos Calientes

Combo Sexy Vol. 4

UNIVERSO ERÓTICO

Derechos de Autor

Índice

Devõra Mela
EL CLUB 3
de las
Casadas Infieles
(Fabiana)

El Club de las Casadas Infieles 3

(Fabiana)

La lengua de Fabiana hurgaba los pliegos rosados de Daniela. El sexo de su profesora de yoga se sentía suave y sedoso a medida que lo chupaba entre sus labios, saboreando la humedad agridulce y cremosa de su excitación. Fabiana se deleitaba en comerse su coño, era algo totalmente distinto a chupar la verga dura y rígida de su esposo. Una punzada de remordimiento atravesó su pecho al pensar en Carlos, pero siempre se decía que lo que estaba haciendo con Daniela no era una infidelidad, ¿realmente se consideraba traición si estaba con otra mujer? El estremecimiento que sintió cuando Daniela enredó sus dedos en su cabello y empujó su cabeza más duro entre sus piernas la sacó de sus pensamientos. Su sexo empapando la fina tela de su ropa interior mientras separó aun más aquellas piernas torneadas y flexibles para penetrar esa jugosa raja con la lengua.

Daniela gemía desinhibida, sujetando el cabello rubio de la voluptuosa mujer que ahora cosquillaba implacablemente su pepita. Sus caderas se movían frenéticamente, frotando su coño en su cara.

Aquella aventura apasionada había empezado hace varias semanas cuando un día después de su última clase de yoga en el Centro Yoga Om había salido y encontró a Fabiana tratando de contactar un taxi para que la buscara, ya que su esposo estaba ocupado en una reunión de trabajo que se había extendido. La rubia tenía una expresión frustrada en el rostro, y cuando Daniela le preguntó qué ocurría, le respondió que la única línea de taxi disponible llegaría dentro de 45 minutos.

Daniela aprovechó la oportunidad para compartir un poco más a la despampanante rubia que le llamaba tanto la atención desde el primer momento que pisó el estudio, así que ofreció llevarla hasta su casa. Cuando llegaron, Fabiana insistió en invitarla a pasar y ofrecerle un pedazo de pastel de fresas con crema que había preparado esa mañana. El pastel era el postre más delectable que había probado, la dulce naturaleza de Fabiana y el sabor sensual del postre despertaron la creciente atracción que sentía por ella; así que cuando Fabiana tenía un poco de crema manchando la comisura de sus carnosos labios, Daniela, en un acto impulsivo se acercó y se lo limpió, trazando su lengua por donde recogió la dichosa crema.

Fabiana permaneció inmóvil, mirándola con cara incrédula por lo que pareció una eternidad hasta que recobró sus sentidos. En vez de reprenderla por su atrevimiento, recogió más crema del pastel con el dedo, se lo untó sobre la boca y dijo con mirada pícara–. Creo que todavía tengo un poco.

Daniela le sonrió, complacida por la invitación. Sus pupilas se dilataron por la lujuria y se acercó a Fabiana, con lamidas suaves la limpió de todo rastro de la crema y luego penetró su boca, sus lenguas enredándose en un baile sensual y prohibido. La atractiva profesora de yoga se montó sobre el regazo de Fabiana y siguieron besándose mientras las manos de Fabiana acariciaban la piel desnuda de su torso, tentativamente jugando con la liga del sujetador deportivo que llevaba puesto la morena.

Daniela sabía desde hace tiempo que era bisexual, pero anticipando que ésta era la primera vez de Fabiana con una mujer, le murmuró entre besos – Si quieres que nos detengamos solo tienes que decírmelo–, a medida que sus manos deslizaban por la suave piel de sus hombros hasta el escote de su camiseta, apenas acariciando la parte superior de sus tetas grandes y redondas, firmemente sujetadas dentro de su ropa.

Fabiana tenía la razón ofuscada por el mar de sensaciones que la embargaban. Una excitación desmesurada la consumía, y a pesar de que estaba felizmente casada con Carlos y nunca había pensado en serle infiel; la curiosidad de seguir explorando este sensual encuentro ganó la batalla.

Con los ojos cerrados susurró –No te detengas, por favor sigue.

Escuchó el sonido de la cremallera de su camiseta abriéndose y Daniela resolló cuando vio los enormes senos de Fabiana libre de sus confines. Estaba tan excitada, allí sentada sobre su alumna, que sintió como su humedad permeaba más allá de su ropa interior. Tomó las dos colinas en ambas manos, Fabiana se estremeció cuando sintió sus pulgares rozando sus pezones erguidos, pero fue el instante que Daniela agachó la cabeza y envolvió el pico entre sus labios y empezó a chuparla que sintió un relámpago de placer recorrerla directamente desde su pecho hasta su clítoris.

Daniela se había bajado de su regazo y ahora se encontraba arrodillada en el suelo frente a la silla donde Fabiana estaba sentada. Manoseando y estrujando sus tetas, chupando y lamiéndolas con voracidad. La rubia creyó que se iba a correr de tan solo sentir como estimulaba hábilmente sus pezones. Estaba jadeando cuando Daniela separó el rostro de su pecho y con ojos brillantes llevó las manos hasta la liga de sus yoga pants y su tanga, deslizándolos por sus muslos y quitar con ello el resto de su ropa.

Fabiana estaba completamente desnuda, el triángulo de su sexo cubierto por una fina capa de vello. El pudor la llevó a tratar de cubrirse con las manos, pero Daniela la apartó y dijo –No te cubras, eres hermosa, quiero verte y probarte toda.

Fabiana se ruborizó por el cumplido, pero aún así se sentía cohibida. Siempre había sido muy grande en su opinión, era tetona y culona; por lo menos tenía una cintura, pero su busto y trasero tan grande la hacían ver desproporcionada; no tenía una figura esbelta y atlética como la de Daniela.

–Quita las manos Fabi. Déjame verte.

–S..soy muy grande. No tengo un cuerpo como el tuyo –dijo apenada.

–¿Grande? Deliciosamente así, tienes unas tetas divinas

que ni siquiera una me cabe en la mano, y un culo que nunca puedo dejar de mirar cuando estás en clases. ¡Eres una diosa! Anda, abre las piernas, déjame probar aunque sea un poquito de esa crema que estás escondiendo allí.

El deseo de Daniela era genuino; Fabiana se relajó y comenzó a olvidar sus complejos cuando los labios de Daniela se hicieron un camino beso a beso por la parte interna de su muslo. Creyó que iba a desfallecer cuando sintió el cálido aliento un segundo antes de que su pecaminosa boca cubriera su abertura. Daniela lamió su raja de un extremo a otro, sorbiéndola con gula seductora. Gemía contra su sexo a medida que la degustaba, ver como Daniela se la chupaba con tanto anhelo la sumió nuevamente en un estado de absoluta excitación.

—¡Qué rica la tienes Fabi —dijo Daniela introduciendo dos dedos en su cálido canal. La penetración de los dígitos arrancó otro gemido de sus labios—. Quiero que te corras en mi boca. —Y retomó sus lamidas, cada vez arremetiendo con un ritmo más intenso sobre su hinchado clítoris.

Fabiana echó la cabeza hacia atrás, sus manos estrujaban sus tetas y sus piernas se abrían aún más a medida que sus caderas se sacudían, frotando su coño sobre la cara de Daniela, quien chupaba vorazmente su pepita, metiendo y sacando los dedos de su abertura resbaladiza, bebiendo la crema agridulce que se chorreaba sobre su mano a medida que la otra mujer se corría sobre su boca.

Su orgasmo la dejó jadeando, destellos eléctricos explotando desde su centro. Daniela se levantó de su posición arrodillada con una sonrisa. Besó la boca de Fabiana, quien percibió el sabor cítrico de su esencia en sus labios, un acto íntimo y deliciosamente perverso.

Tras el beso, Daniela preguntó en un susurro –¿Quieres sentir cuán mojada me has dejado?

–Sí.

Daniela se desnudó frente a ella, Fabiana sentía su cuerpo reaccionar ante ver la seductora desnudez de su profesora de yoga, quien no podía dejar de admirar cada vez que iba a sus clases. Maravillada por su fuerza y flexibilidad, evidente en cada milímetro de su piel. Sus senos eran medianos, sus pezones oscuros y firmes la apuntaban. Su mirada siguió recorriendo su figura, deleitándose en su abdomen liso, la suave curva de sus caderas, y justo allí sobre sus muslos estaba el triángulo de sus sexo, totalmente liso.

Era la primera vez que Fabiana veía una vagina que no era la suya tan de cerca. Alzó la mano tentativamente y Daniela la tomó por la muñeca, se acercó a su alumna sentada y colocó su mano pequeña y femenina entre sus piernas. El dedo medio deslizó entre los labios de su sexo; Fabiana se estremeció al sentir ese calor mojado impregnando su dedo. Entonces reconoció la sensación de su clítoris; la primera caricia con la yema de su dedo envió un correntazo de placer por el cuerpo de Daniela. Al ver la reacción de la otra mujer, repitió el movimiento.

Sus rodillas flaquearon por un instante cuando la mano

inocente de Fabiana empezó a frotar su clítoris palpitante. Apoyó las manos sobre los posabrazos de la silla, su pecho a escasos centímetro de la cara de Fabiana, cuya boca curiosa se acercó hasta una de sus colinas y pasó la lengua por el pico; sacando un gemido de placer de Daniela.

—Estás tan caliente y tan mojada.

—Tú me has puesto así Fabi. Me encanta como me la tocas. Por favor chúpame las tetas, chúpamelas duro mientras me la frotas.

Fabiana aceleró el movimiento de su mano, su dedo restregando la crema blanca de su excitación, deslizando una y otra vez sobre su pepita hinchada. Con la otra mano cogió una de sus tetas, después de apretarla, se la llevó a la boca, chupando su pezón erguido con fuerza, sumergida en la sensación de la suavidad de su piel, lo intoxicante de sus aromas femeninos ahora impregnando la estancia.

Daniela movía las caderas de adelante hacia atrás, desesperada por la fricción que le proporcionaba Fabiana con su mano. Su respiración, que siempre mantenía bajo perfecto control en sus clases, ahora salía jadeante. Suspiros y gemidos surgiendo de su garganta. Su placer escalaba cada vez más, hasta soltó las manos de la silla y agarró a Fabiana por el pelo, apretando su cara contra su pecho.

—Pellízcame el pezón duro Fabi y muérdeme el otro. No pares, no pares. ¡Sí! ¡Así! ¡Así! ¡Me voy a correr!

Una ráfaga de humedad empapó la mano de Fabiana mientras el cuerpo de Daniela convulsionaba de placer. Cuando recuperó el control sobre su cuerpo, se enderezó, y miró a Fabiana; ella le devolvió la mirada y se mordió el labio complacida por lo que acababa de ocurrir. Se llevó la mano a la cara, y tras inhalar su aroma se chupó los dedos.

–¡Dios! ¡No tienes idea cuánto me excitas! –exclamó tomando el rostro de Fabiana entre sus manos y besándola apasionada. Sellando el primero de varios encuentros que tuvieron lugar, no solo en el apartamento que Fabiana compartía con su marido, sino también bajo la oscuridad de la sala del cine, y hasta el vestidor del centro de yoga.

Había pasado tres semanas desde que iniciaron su aventura sexual cuando Carlos empezó a sospechar que Fabiana tenía a otro. Llegó a pensar que su esposa le estaba mintiendo y usando a su nueva amiga, la profesora de yoga, como una fachada para encontrarse con otro hombre a sus espaldas. Pero lo que obtuvo después de instalar discretas cámaras de seguridad en su apartamento sin decirle nada a Fabiana, fue descubrir que su esposa no le estaba siendo infiel con otro hombre, sino con una mujer.

Le había dicho a Fabiana que tenía que quedarse hasta tarde en la oficina, dándole la oportunidad para grabarla en el acto. Suspiró de alivio cuando vio el video en vivo por el móvil, estaba llegando al apartamento con Daniela, pero momentos después se estaba frotando los ojos, incrédulo por lo que estaba viendo. Su esposa y la profesora de yoga se estaban besando en la boca, sus manos recorriendo las curvas de la otra mientras se desnudaban allí en su propia sala.

No podía ignorar la erección entre sus piernas cuando vio en la pantalla como Fabiana se acostaba sobre el mueble, y luego la otra mujer se acostó a la inversa sobre ella, las dos haciendo un 69, comiéndose el coño la una a la otra.

Carlos se levantó de su silla y le puso el pestillo a la puerta de su oficina. Al asegurarse de que estuviera trancada, volvió a su escritorio. Estaba prácticamente solo en la oficina, pero no quería que alguien entrara de manera inadvertida y lo pillara masturbándose mientras espiaba a su esposa en un 69 con otra mujer.

El líquido preseminal que brotaba de la abertura de su corona dejó su glande bien lubricado mientras empuñaba su verga con una mano y con la otra sostenía el teléfono móvil, reconociendo las sacudidas y los contoneos excitados de su esposa mientras una mujer se la estaba comiendo.

La imagen de las dos mujeres lo tenía tan excitado que no tardó en acabar, dejando su mano untada en su leche. Esperó a que las dos mujeres terminaran para regresar a casa, y cuando llegó, en un arranque de lujuria tomó a su mujer.

Fabiana estaba preparando unos sándwiches para la cena cuando sintió las manos de Carlos abrazar su cintura por detrás y besar su cuello. Su marido siempre había sido un hombre afectuoso, pero cuando sintió sus manos subir por su cintura y estrujar sus senos, sabía que Carlos venía por más que un simple saludo cariñoso.

Otra punzada de remordimiento atravesó su pecho al sentir las manos de Carlos estrujando sus tetas. Hace menos de una hora Daniela había lamido y chupado sus senos después de que las dos se corrieran haciendo un 69 en el sofá de la sala.

Carlos haló su camiseta hacia abajo y pellizcó sus picos erguidos; luego llevó las manos a la liga de sus ajustado pantalones para hacer ejercicio y los haló junto con la tanga hasta medio muslo, agarrando cada nalga un su mano grande y áspera.

Él generalmente era atento y amoroso cuando hacían el amor, Fabiana estaba conociendo un lado nuevo y más salvaje de su marido. Su cuerpo estaba reaccionando a sus demandas, pero su cerebro aún estaba tratando de entender lo que ocurría.

Al sentir su verga dura apoyarse entre sus nalgas, giró la cara sobre su hombro y preguntó –¿Carlos? ¿Qué estas haciendo?

–¿Acaso un hombre no puede desear hacerle el amor a su mujer? –preguntó presionando su pecho, ahora desprovisto de su camisa, contra su espalda. Tomó su cara con un mano y besó sus labios. Inmediatamente Carlos percibió el aroma inigualable de un mujer permeando el rostro de su esposa, la excitación que llevaba se desató como un animal, así que con la otra mano posicionó su verga tiesa contra su entrada y la embistió, tragándose el gemido sorprendido de su mujer.

Su pelvis chocaba contra las enormes nalgas de Fabiana, agarraba sus tetas y pellizcaba sus pezones mientras contemplaba como su grosor se perdía dentro del canal cálido y estrecho de su esposa. Cuando notó que su orgasmo estaba cerca, llevó una mano hacia la pepita en el ápice de su raja y la frotó rápido y duro. Los gemidos de Fabiana sumado al contoneo de su culo lo traían loco, pero cuando sintió la contracción de su sexo abrazando rítmicamente su verga, no se pudo contener más y se vació en ella, esta vez bañando a su mujer por dentro con su semen blanco y espeso.

***

La semana después, las dos mujeres estaban otra vez en el apartamento de Fabiana después de la clase de yoga. Carlos le había dicho a Fabiana que hoy volvería a quedarse hasta tarde en la oficina, pero la verdad era que estaba estacionado al final de la cuadra donde vivían, con la transmisión de la cámara de seguridad en mano, viendo la pantalla del móvil. Tenía pensado irrumpir en medio del encuentro prohibido de su esposa con la profesora de yoga; no estaba muy seguro qué ocurriría, no sabía si estaba más enojado que excitado o viceversa. Le encantaba la idea de estar con Fabiana y otra mujer, pero también le dolía que ella estuviera haciendo esto a sus espaldas.

Carlos tenía puesto sus audífonos, ya que con lo que vio la semana pasada, agregó también un micrófono para poder escuchar.

Apenas cerraron la puerta a sus espaldas, Daniela abrazó

seductoramente a Fabiana y le dijo–. No sabes cuántas ganas tenía de bajarte los leggings mientras estabas en perro abajo y comértela toda. Anda, quítate la ropa y ponte en esa posición, muero por verte desnuda y doblegada con los pies y las manos en el suelo, tu gran culo en el aire y tus tetas colgando.

Fabiana se mordió los labios, excitada y apenada por la explícita sugerencia de su amante, pero a medida que Daniela le quitaba la camiseta, Fabiana la detuvo sujetándole las manos.

–No sé si puedo seguir haciendo esto Dani. Me siento mal por mentirle a Carlos. Me encanta todo este lado nuevo que he descubierto contigo, tú me encantas; pero él es mi esposo, y lo amo demasiado.

Daniela sintió que le habían dado una patada en el estómago. Su parte racional sabía que tarde o temprano esto sucedería, realmente qué otra cosa podría esperar al involucrarse con una mujer casada… Aún así, en el poco tiempo que habían tenido para compartir y tener intimidad, sentía que su afecto hacia Fabiana se hacía cada vez más intenso. Sin embargo, Daniela no quería ser una rompehogares, bajó la mirada en gesto rendido y dijo–. Por supuesto Fabi, entiendo.

Cuando alzó la mirada nuevamente, la miró a los ojos y continuó–. Yo no quiero por nada del mundo hacerte daño, si quieres que terminemos con lo nuestro lo entiendo. Solo te pido una noche más; una noche más para llevarme el recuerdo de tus besos y caricias.

Las dos mujeres se miraron, conmovidas por la idea de tener su último encuentro erótico. Fabiana tomó la cara de Daniela entre sus manos y la besó tiernamente en la boca, pero lo que había empezado de manera dulce, en pocos instantes tomó un matiz desesperado. Se besaban como si era la última vez que podrían respirar; estaban desnudas de la cintura para arriba cuando escucharon el sonido de la puerta cerrar de golpe. Voltearon sobresaltadas por el ruido y quedaron paralizadas al ver al marido de Fabiana allí en la sala.

Carlos fue el primero en hablar–. ¿Por qué no me enseñas qué posturas de yoga te ha enseñado tu profesora?

–Ca…Carlos…

–Hace un tiempo empecé a sospechar que me estabas siendo infiel. Así que instalé unas cámaras de seguridad sin decirte nada –dijo señalando vagamente a su alrededor–. Cuando te vi llegar con Daniela suspiré de alivio, pero imagínate mi sorpresa al descubrir que sí estabas siendo infiel, pero con una chica.

Las dos mujeres tenían los brazos cruzados sobre su pecho, expresiones de vergüenza en sus rostros.

–Por un lado me dio mucha rabia… –continuó–, pero por otro lado se me puso tieso verlas a las dos juntas.

Ambas alzaron el rostro con cara de sorpresa.

–Y como ya las escuché conversando acerca de ponerle fin

a su amorío, porque no quieres hacerme daño Fabi, y aún me amas… Pues me siento un poco más tranquilo… Así que no era mentira cuando te dije que me enseñaras qué posiciones has aprendido con Daniela. Si me incluyen, y la pasamos bien, no veo por qué esto tiene que terminar aquí.

Daniela ahora tenía un sonrisa de oreja a oreja. El esposo de Fabi era muy guapo, y encima quería transformar la infidelidad de su esposa con ella en un trío. ¡Cómo decirle que no a esa oportunidad!

Ella marcó la pauta de que había entendido lo que Carlos les quiso decir. Se desnudó por completo y sonrió complacida al ver como la mirada de Carlos recorría su figura.

—Así Fabi —dijo como si nada—. Muéstrale cuánto has progresado en tu postura de perro abajo.

Fabiana miró anonada como su amante ponía en ofrenda su cuerpo, apoyando las manos y los pies en el suelo de esa manera; su sexo, enmarcado entre la redondez torneada de sus nalgas, parecía un fruta jugosa que rogaba ser devorada.

Ella entonces entendió lo que sucedía. Carlos ya se había quitado la camisa, su pecho un muro de músculo fornido en comparación con las tetas suaves y redondas de Daniela. Al quitarse el resto de la ropa, la erección de su esposo estaba más duro que nunca. Fabiana sintió un torbellino de emoción asaltando sus sentidos, iba a disfrutar de su esposo y su amante al mismo tiempo.

Ella se desnudó rápidamente y asumió la misma pose que Daniela. Las dos mujeres presentando sus coños como ofrenda para Carlos.

Con una mano apretó las nalgas de Daniela, con la otra manoseaba el culo de su mujer, deleitándose en la doble sensación de sus carnes femeninas. Sus pliegos rosados estaban resplandecientes por su humedad. Con los dedos medios trazó el camino por la grieta de sus nalgas, rozando sus anos, hasta la abertura de cada una. Penetró ambas entradas simultáneamente. Su miembro hinchándose cada vez más con el doble placer de meterle el dedo a cada una al mismo tiempo. Su dedo entraba y salía, las chicas gimoteando y contoneándose ante la invasión mientras que aquella penetración provocaba un sonido mojado al entrar y salir, resbalando en su humedad.

El ambiente estaba impregnado por el olor femenino de su excitación. Con deseo de saborear a la que no había probado, Carlos se arrodilló ante Daniela y lamió su raja de un extremo a otro, saboreando su crema cítrica.

Comenzó a comerle el coño mientras seguía metiéndole el dedo a su mujer. Los gemidos de Daniela se hacían cada vez más altos, Carlos se la estaba chupando demasiado rico.

Entonces se detuvo y le dijo a las dos mujeres–. Fabi, siéntate con las piernas abiertas en el sofá, quiero ver como Daniela te la come mientras me cojo a tu profesora de yoga.

Consumidas por la excitación de este encuentro tabú, las

mujeres obedecieron. Fabiana se recostó en el mueble y abrió las piernas en una V perfecta, su cuerpo ahora más fuerte y flexible gracias a las lecciones de Daniela.

Daniela se acercó hasta donde estaba Fabiana, se mantuvo de pie e inclinó la espalda de manera recta hasta abajo. Su cara estaba a centímetros del coño de Fabiana, sus miradas se cruzaron y le regaló una sonrisa traviesa antes de enterrar su cara entre sus piernas, chupando sus labios con gula y lamiendo su pepita con desenfreno. Gimió contra su sexo cuando sintió la verga de Carlos penetrarla por atrás, llenándola por completo, estirando su coño para acomodar su envergadura.

Fabiana miró a su esposo y le tiró un beso coqueto mientras veía como se cogía a su profesora de yoga, que a la vez le estaba chupando el coño con un hambre voraz.

–Pellízcate las tetas mami –le dijo Carlos y ella lo complació. Estrujando sus voluptuosos senos con las manos, pellizcando sus pezones erguidos.

Pronto estaba contoneando las caderas, frotando su sexo contra la boca de Daniela. Apenas su amante metió dos dedos en su coño, el cuerpo de Fabiana se tensó por el orgasmo que la asaltó.

Carlos sentía las bolas prensadas, listas para derramar su semilla en cualquier momento. Su vientre bajo chocaba contra las nalgas de Daniela, cogiéndola cada vez más duro. Llevó su mano hasta su pepita y se la comenzó a frotar con rapidez, sintió su canal estrecho apretarse más y contraerse alrededor de su asta, su clímax buscando arrancar el suyo de su cuerpo.

Daniela aún gemía contra el coño de Fabiana cuando Carlos sacó su verga y soltó cinta tras cinta de semen caliente y espeso sobre el culo y la espalda de la amante de su esposa que ahora era de los dos.

Lo que había empezado como la última noche de infidelidad de su mujer, se convirtió en el inicio de un trío sexual que ninguno de ellos había imaginado sucedería.

FIN

Devora Mela
El Profesor Perverso
y la alumna que se copió en el examen
Un Relato Erótico Corto y Caliente por Atrás

El Profesor Perverso

y la Alumna que se Copió en el Examen

Un Relato Erótico Corto y Caliente por Atrás

–¡Por favor Profe! ¡Se lo ruego! – imploró la alumna arrodillándose a sus pies sobre el suelo del estacionamiento, sin darle importancia a la mugre que manchaba la tela de sus jeans ajustados mientras sus manos se aferraron a las piernas del Profesor López.

El Profesor de Anatomía contempló a la joven mujer que le estaba rogando que no informara a la dirección de la facultad que se había copiado en el examen. Una verdadera insensatez de su parte, ya que al copiar exactamente todas las respuestas de la compañera que se había sentado a su lado, estaba destrozando todo el esfuerzo que había realizado en los tres años que tenía estudiando en la Facultad de Medicina. La Universidad tenía cero tolerancia en cuanto a copiarse en los exámenes.

Sabrina González, era una alumna promedio con una figura sobresaliente; más de una vez el Profesor López había recorrido sus curvas con la mirada, dejando su imaginación correr libre, masturbándose con pensamientos perversos de lo que le gustaría hacer con ella. Y mientras la jovencita desesperada le rogaba de rodillas que no revelara que se había copiado, y que juraba que más nunca lo volvería hacer; el Profesor López en ese momento únicamente pensaba en lo rico que se sentirían sus labios alrededor de su verga hinchada.

—¡Es que si lo informa me van a expulsar de la Universidad!

—Debió pensar en eso antes de copiar todas las respuestas de la Señorita Urdaneta, ¿no le parece? —respondió el Profesor con aire indiferente, a pesar de que su corazón latía emocionado ante la idea que se estaba formando en su mente.

—¡Por favor! ¿No hay nada que pueda hacer para que cambie de opinión?

—Bueno… —dijo el profesor apoyando su maletín y las llaves de su auto sobre el techo del vehículo—. Quizás hay algo que puedas hacer. Si yo guardo tu secreto, quizás tú te sientas inclinada a ayudarme a llevar a cabo un experimento de anatomía que la normativa de la universidad no considera apropiada… ¿me entiendes? —concluyó acariciando la mejilla de la chica y apartando un mechón de cabello lacio y castaño de su cara.

El corazón de Sabrina latía acelerado por el miedo y los nervios que le produjeron al enterarse que el profesor había pillado su fechoría. Había sido la última en recoger su examen corregido de la mesa al terminar la clase. Sintió un vacío en el estómago al no encontrar la prueba. Por suerte, los demás estudiantes ya habían salido, por lo que más nadie oyó cuando el Profesor López le dijo en el aula vacía– Me temo que no puedo devolverte el examen Sabrina, ya que mañana por la mañana lo entregaré a la dirección de la facultad junto con un reporte como evidencia de que se ha copiado del examen de su compañera. Honestamente no me esperaba eso de usted.

Sabrina estaba muda de vergüenza.

Nunca antes se había copiado en un examen, y realmente no había planificado hacerlo, pero la realidad era que el tema era uno de los más complejos que habían estudiado y no lograba dar respuestas coherentes. De reojo podía ver como Ana respondía cada pregunta sin flaquear, y dada su letra impecable y que podía ver perfectamente sus respuestas, Sabrina empezó a copiar sus respuestas, sin pensar que al copiarla de manera tan precisa, delataría que las respuestas no eran de ella. Y ahora, aquella imprudencia le iba a costar la carrera de sus sueños.

Después de que el profesor la había dejado allí en el salón, incapaz de articular una palabra en su defensa, entró en conciencia y salió disparada detrás de él. Sus tacones repicaban rápidamente, el profesor volteó extrañado al oír el sonido que emitían cuando estaba a punto de montarse en su auto, aparcado al final del estacionamiento de la universidad.

Sabrina lo alcanzó jadeando por la distancia que había corrido para alcanzarlo, sus pechos subían y bajaban al ritmo de su respiración, amenazando con desbordarse del escote de su camiseta de tirantes.

–¡Profe! Perdóname, no sé qué me pasó por la cabeza cuando hice eso. Es la primera, y le aseguro, que será la última vez que me copio. ¡Lo siento! ¡Por favor no me reporte ante la dirección!

El profesor arrugó el ceño y respondió– Estoy muy decepcionado que haya recurrido a copiarse Sabrina. Lamentablemente es un asunto muy serio y debo informarlo.

Con sus últimas palabras Sabrina entró en un estado de absoluta desesperación, arrodillándose sobre el suelo y aferrándose a las piernas del profesor. Pero al escuchar su insinuación cuando sintió su mano acariciar su mejilla, un rayo de esperanza aligeró su ánimo.

Siempre han existido los rumores de estudiantes realizando actividades fuera del pensum para compensar las faltas en sus calificaciones. Sabrina nunca había pensado que ella sería una de ellas, hasta ese momento. Estaba dispuesta a hacer lo que sea para que no la expulsaran, y si era honesta consigo misma, hacer algo de ese estilo con su Profesor de Anatomía podría llegar a ser agradable.

–¡Por supuesto Profe! Lo que usted diga –dijo inclinando la cabeza para mirarlo a los ojos y apretando la firmeza de sus muslos para reafirmar que estaba de acuerdo con su propuesta de llevar a cabo un "experimento".

Una pequeña sonrisa curvó sus labios al ver que su alumna estaba dispuesta.

–Olvidaré el hecho de que se copió en el examen si logra aprobar un… examen de recuperación, por decirlo así, empezando con una examinación oral.

Un escalofrío recorrió la columna de Sabrina ante el tono de voz del profesor cuando dijo *examinación oral*. Instintivamente se relamió los labios y un cosquilleo involuntario comenzó a estremecer sus pezones, dejando sus picos firmes y erguidos, presionando contra la tela suave de su sostén.

Sabrina entendió perfectamente lo que implicó el profesor, dado que su cara estaba a la altura de su entrepierna, era imposible no notar el bulto que se había hecho más prominente bajo sus pantalones.

Deslizó sus manos hasta el botón, desabrochándolo para luego deslizar hacia abajo su cremallera.

–Estoy lista para realizar la examinación oral Profe –dijo antes de liberar la rígida erección de su Profesor de Anatomía.

Rodeó su grosor con una mano y lo guio hasta su cara. Sin titubeos envolvió el glande rosado con sus labios e inhaló la fragancia íntimamente masculina que desprendía.

Sabrina estaba arrodillada en el suelo del estacionamiento mamándoselo a su profesor universitario; inicialmente para evitar que la expulsaran por copiarse en un examen, pero una parte de ella estaba intensamente emocionada por aquel acto obsceno y prohibido que estaba haciendo. Sentía como la humedad de su excitación se empozaba en su centro, a medida que engullía la longitud de su profesor, ella misma se excitaba más y más chupándoselo.

El Profesor López contemplaba a su alumna mientras puro placer carnal irradiaba por su cuerpo. Su boca cálida lubricaba su verga con saliva, su cabeza moviéndose de adelante hacia atrás, chupándoselo con ganas, deseosa de complacerlo.

Un gemido escapó de sus labios cuando la otra mano de Sabrina acunó su saco y empezó a acariciar la piel sensible de sus bolas. Sin duda era una alumna dedicada cuando se lo proponía.

El aire se sintió frío cuando retiró el calor de su boca, estremeciéndolo aún más cuando su lengua trazó círculos húmedos alrededor de sus bolas y luego lamió su longitud, desde la base hasta la cabeza, para engullirlo de nuevo.

Acarició el cabello de la joven mujer que se lo estaba mamando tan rico y le dijo– Lo estás haciendo muy bien.

Complacida por el halago, Sabrina aumentó el ritmo de sus chupadas, tragando lo más que podía de su verga dura. El Profesor López estaba cada vez más cerca, meciendo sus caderas al compás de sus chupadas. Cogiéndose la cara de su alumna, metiendo y sacando su verga de su boca hasta el momento inevitable en el que sintió que iba a desbordarse.

Sin previo aviso, eyaculó la primera ráfaga de semen en su boca. Sabrina se sorprendió al sentir el chorro de leche viscosa y salada impregnar su lengua. Su reacción fue sacárselo de la boca, aún así, el profesor perverso estaba descargando el orgasmo que ella le había proporcionado, y continuó eyaculando, ahora su semen aterrizó en largas cintas blancas sobre sus tetas, pintando el voluptuoso escote de su alumna con su leche.

El profesor miró hacia abajo, contemplando los labios hinchados de su alumna que se lo había mamado tan rico que acabó en su boca y sobre sus tetas.

–Muy bien Sabrina, has aprobado la primera parte de tu examen de recuperación.

–¿Primera parte? –preguntó sin entender.

–Sí –respondió el profesor perverso–. Ahora viene la segunda parte –y la ayudó a ponerse de pie.

–¿Y de qué consta la segunda parte Profe?

–Examinación del cuerpo femenino. ¿Quiere continuar?

Además de asegurar que no la expulsaran, Sabrina estaba ansiosa de apaciguar el deseo que se había caldeado en su interior al chupárselo a su profesor.

Entonces escucharon unas voces acompañadas por pisadas que hacían eco en el estacionamiento de concreto. Por suerte, el Profesor López había aparcado su auto en la esquina final del recinto, por lo que se movieron rápidamente al espacio entre la pared y el maletero del auto. Las voces y las pisadas se alejaron, evidente de que quienquiera que estaba por allí era ignorante de la prohibida lección de anatomía que estaba teniendo lugar entre una alumna y su profesor.

Resguardados por la penumbra que ofrecía aquel rincón, el profesor procedió a alzar la camiseta de su estudiante, admirando como sus tetas redondas y voluptuosas colmaban su sostén. Restos de su orgasmo corría por el escote entre sus senos mientras con manos ágiles soltó el gancho de la prenda que la sujetaba por la espalda, liberando sus generosos pechos.

Con ambas manos rodeó sus colinas femeninas, apretando y manoseando la carne suave de su pecho. Aprovechó los restos de semen para untar sus dedos y hacerle pellizcos provocativos y lubricados a sus pezones erguidos, arrancando un gemido excitado de su alumna.

Sabrina jadeaba agitada por aquellas caricias, y añoraba que las manos de su profesor bajaran para aplacar el deseo que palpitaba entre sus piernas.

Como si leyera sus pensamientos, el profesor perverso dejó de prestarle atención a sus tetas para desabrochar los jeans ajustados de su alumna; le bajó los pantalones y la tanga hasta medio muslo y contempló la suave curva de su abdomen hasta el triángulo de su sexo, el ápice de su raja perfectamente visible bajo la corta capa de vello púbico.

Su dedo medio se abrió paso entre los labios externos e inmediatamente tocó su clítoris hinchado. Ya empapada por el encuentro que había acontecido entre ambos, la yema de su dedo estaba untado en su nata resbalosa, por lo que frotó aquella pepita con movimientos circulares, provocando que Sabrina meciera las caderas inconscientemente, con ganas de más fricción en su sexo.

Trató de abrir las piernas lo más que podía, pero sus pantalones no le permitían separar los muslos más de unos pocos centímetros. El profesor López empuñó su cabello a la base de la nuca, acercando sus rostros para chocar en un beso necesitado y ardiente mientras frotaba el clítoris de su alumna excitada.

Sabrina sentía que estaba a punto de acabar cuando el Profesor López cortó el beso e interrumpió sus caricias. Con ambas manos agarró las curvas de sus caderas y la giró, dejándola apoyada de codos sobre el maletero del auto, exhibiendo su culo desnudo. Agarró sus nalgas, manoseándolas como más le gustaba hasta que las separó para admirar cómo se veía su coño reluciente por su humedad y el círculo apretado de su ano.

Se agazapó ante ella y Sabrina resolló al sentir la lengua de su profesor hurgar entre sus pliegos, chupando su sexo y lamiendo su clítoris en aquella posición. Tenía las tetas aplastadas contra el metal frío del maletero del auto y se movía como una gata en celo por las obscenas lamidas de su profesor. Entonces sintió algo inesperado, fue una sensación extraña pero excitante, su profesor estaba lamiendo su clítoris y luego se trazó un camino con su lengua desde el principio de su abertura hasta el final, saltando la frontera de su perineo y aterrizando su atención en su ano.

¡No sabía qué pensar! ¡Nunca antes le habían lamido el culo! Pero se sentía obsceno y perversamente divino, todo al mismo tiempo.

–¡Ay qué rico Profe! ¡Me encanta todo lo que me está haciendo! –gimoteó Sabrina mientras el profesor López seguía con la cara enterrada entre sus nalgas, besando, chupando y lamiendo sus áreas más privadas.

El profesor ya estaba erecto otra vez, se puso de pie y posicionó su miembro ante la abertura rosada de su alumna. La embistió de lleno, enterrando su verga rígida hasta la base en el abrazo caliente de su coño.

Sabrina apretó los labios para no hacer tanto ruido; su torso desnudo estaba doblado encima del maletero del auto, sus tetas aplastadas contra el metal frío, dejando sus pezones más duros que nunca mientras que llevaba los pantalones y la tanga hasta las rodillas para que su profesor de anatomía pudiera cogerla así en el estacionamiento de la universidad. El Profesor López se lo metía y sacaba con fuerza, su longitud resbalaba adentro y fuera de su coño mojado. Sus bolas chocaban contra su clítoris a medida que se la cogía, el choque de sus cuerpos sonando en aquel rincón oscuro.

Entonces el profesor perverso se chupó el pulgar y se lo metió por el culo a su alumna. La excitación desesperada de Sabrina se revolucionó, sentía que estaba a punto de acabar en ese instante.

–¿Te gusta que te meta el dedo por el culo?

–¡Sí! ¡Sí! ¡Ay sí Profe! ¡Me encanta! –vociferó prácticamente en un sollozo de placer.

–¡Entonces te va encantar cuando te coja por el culo!

–¡Cómo!

–Esa es la última parte de tu examen de recuperación Sabrina. Vamos a llamarlo… aptitud anal –y procedió a meter y sacar el pulgar del ano apretado de su alumna mientras la cogía.

Sabrina tenía la razón nublada de tanto gozo retorcido, pero estaba dispuesta a aceptar cualquier propuesta de su profesor, por más obscena que fuese.

Su desespero de hacer lo que fuera se intensificó cuando el Profesor López dejó de penetrar sus orificios. Gimoteó por el repentino vacío de su cuerpo que estaba al borde de alcanzar el éxtasis; necesitada de seguir, meneó las caderas, ciegamente buscando empalarse otra vez sobre su miembro tieso.

Pero el profesor perverso tenía otra cosa en mente.

Escupió saliva sobre su culito virgen, asegurándose de dejarlo muy bien lubricado. Posicionó su glande bulboso ante aquel anillo apretado, pero aún sin traspasarlo, lo dejó allí, apoyado en la entrada a aquel túnel prohibido mientras su mano se aventuró hasta la raja de su alumna, donde halló su clítoris y lo frotó, estimulando ese pequeño nudo de nervios hasta que un orgasmo avasallador estalló desde su centro.

Su ano se contraía con las convulsiones orgásmicas, y en el momento preciso que vio su cuerpo aflojar, le metió la cabeza de su miembro en el culo.

Sabrina se mordió el puño para no gritar, el golpe de dolor chocó contra la ola de placer que sacudía su cuerpo y no sabía qué hacer, solo podía sentir.

El profesor perverso no mermaba en sus caricias, la frotaba implacable, provocando correntazos de placer que irradiaban por todo su cuerpo y se encontraban con la invasión de aquel miembro grueso en su culo nunca antes penetrado.

Su cuerpo se movía involuntariamente, por lo que ella misma se iba empalando sobre la verga de su profesor, su ano poco a poco tragándose su grosor mientras el orgasmo seguía consumiendo la mayor parte de sus sentidos.

Entonces el profesor redujo la intensidad de sus caricias, ahora tocaba su clítoris con suaves movimientos circulares, despertando su apetito carnal por una nueva ola de gozo.

Sentía el culo llenísimo, era una sensación extraña, pero a la vez era placentera. Quería continuar con este encuentro pornográfico con su profesor, nunca antes se había sentido tan excitada o desinhibida.

–Parece que te gusta como te lo meto por el culo Sabrina – dijo el profesor López con tono complacido.

Recordó que tenía crema hidratante en su bolsillo, al ser cirujano, además de profesor, era imprescindible que cuidara sus manos. Por lo que vertió una cantidad de crema entre las nalgas de su alumna, el líquido aterrizando justo en la unión de sus cuerpos, donde su verga estiraba el orificio prohibido de su alumna.

Al estar más lubricada, Sabrina se sentía más cómoda con aquella invasión, ahora ella marcaba el ritmo, y sus nalgas chocaban contra el cuerpo de su profesor a medida que se la cogía por el culo.

Su placer crecía con cada embestida, ya que el profesor no dejaba de estimular su clítoris. Viendo como gozaba y percibiendo que con suficiente presión la haría acabar otra vez, el Profesor López nuevamente aceleró el movimiento de sus dedos, frotando su pepita de manera experta, Sabrina se removía consumida, persiguiendo un segundo orgasmo.

–¡Ay sí! ¡Así! ¡Así! ¡Así! –imploró mientras el Profesor Perverso se lo metía duro por el culo.

Cuando el orgasmo detonó en   su interior, su cuerpo convulsionó con mayor violencia que el primero; efectivamente ordeñando al Profesor López, quien dejó de aguantarse las ganas y se vació en aquel túnel apretado, llenándole el culo de leche.

Sabrina apestaba a sexo mientras se reacomodaba la ropa, tenía una sonrisa complacida y apenada en la cara. Ya no tenía la razón nublada por aquella sensación de deseo desesperado, estaba un poco avergonzada ante el Profesor

López. Pero éste por primera vez le sonrió y dijo– Creo que eso fue un excelente experimento Sabrina. Si te interesa repetirlo… podemos discutir la posibilidad de que apliques para ser mi asistente. En principio me ayudarías a evaluar exámenes, lo cual te ayudaría a ti para repasar múltiples temas y no vuelvas a sentir la necesidad de copiarte. Gradualmente, en base a tus habilidades, te daría más responsabilidades; incluso podrías llegar a asistirme en conferencias de cirugía que a veces debo exponer. ¿Estás interesada en el puesto?

Sabrina abrió los ojos y sonrió emocionada.

–¡Sí Profe! ¡Gracias!

FIN

Devora Mela
Su hermano
se bebió mi leche
Un Relato de Lactancia Erótica

Su Hermano se Bebió mi Leche

Un Relato de Lactancia Erótica

(*Este cuento también ha tenido que ser publicado con otra portada y el título: Aventura Inesperada*)

Andrés, el hermano menor de mi esposo Alberto, me escribió un mensaje de texto para avisar que estaba en la puerta de la casa. Estaba infinitamente agradecida que no tocó el timbre, ya que a pesar de que mi hijito de año y medio ya dormía toda la noche y no había tardado ni diez minutos en acostarlo a dormir, el sonido estridente del timbre seguro lo despertaría.

Alberto estaba fuera de la ciudad esa semana por un viaje de trabajo, por lo que Andrés pasaba regularmente a revisar que yo y el bebé estuviésemos bien.

Abrí la puerta y me encontré con el rostro familiar de Andrés, él y su hermano eran muy parecidos, pero donde Alberto era huraño y taciturno, su hermanito tenía un carácter más jovial y alegre.

– Hola Samanta, ¿cómo estás? ¿ya duerme el pequeño terremoto?

– Hola Andrés. Sí, se quedó dormido rapidísimo, hoy jugamos mucho en el parque.

– Qué bueno, me alegro. Si quieres un día de estos puedo acompañarlos a dar un paseo.

– Sí, eso me gustaría. Ven, pasa.

Andrés cruzó el umbral de la puerta y se inclinó levemente para darme un beso en la mejilla a modo de saludo. Caminamos de largo por el pasillo hasta la cocina, Andrés abrió la nevera y sacó una botella de cerveza y preguntó,

–¿Quieres una?

–Sí vale, Lucas ya está dormido y seguirá corrido hasta las siete, una cerveza me caería bien.

Andrés destapó las botellas y me pasó una. Tomé un largo sorbo del frío líquido y me relamí los labios. Mientras conversábamos y bebíamos la cerveza, Andrés se giró a ver el fregadero aún lleno de platos sucios de la cena. El grifo tenía una gotera desde hace semanas que Alberto aún no había reparado, cada gota sonaba *ploc-ploc-ploc* al caer sobre los platos.

–¿Desde hace cuánto tienes esa gotera?

–Ya lleva unas semanas. Alberto quedó en repararlo, pero no ha tenido tiempo –respondí.

Se juntó las manos y se frotó las palmas.

–Pues, como el hombre de la casa mientras él está afuera, déjame arreglarte eso, no me tomará más de cinco minutos.

–¿Seguro?

–Claro, ¿la caja de herramientas está en el sitio de siempre en el garaje?

–Sí. Gracias Andrés, eres un sol. Mientras tú haces eso ¿te importa si voy a la sala? Es que Lucas se durmió muy rápido y solo tomó leche de una teta, tengo la otra como una piedra, y además que la cerveza siempre me hace producir más. Si no me saco la leche no podré dormir bien.

Andrés desvió la vista hacia mi pecho por un segundo y luego respondió,

–Claro. No te preocupes, yo estaré aquí reparando el grifo del fregadero.

Se dio media vuelta rumbo al garaje a buscar la caja de herramientas, y yo agarré mi sacaleches eléctrico y lo llevé conmigo bajo el brazo a la sala.

Me senté en el sillón más cómodo frente al televisor y apoyé el sacaleches de la mesita al lado del asiento. Enchufé la máquina y me quité la blusa y el *brassier*. Mis senos habían crecido con el embarazo, y ahora las dos colinas se bamboleaban cómodamente, libres de los confines de mi ropa.

Mi seno derecho estaba duro como una piedra por la cantidad de leche que tenía acumulada, ya que Lucas solo había tomado un poco del seno izquierdo, que estaba menos tieso que su gemelo, pero no lo había vaciado como de costumbre.

El ritual de sacarme la leche en las noches ya era costumbre, mis tetas producían tanta que necesitaba extraer más de lo que mi hijo bebía para no estar sobrecargada.

Coloqué el embudo sobre mi pezón erguido y encendí la máquina, pero no sucedió nada. Le di al interruptor varias veces, pero fue en vano, la máquina no respondía. Suspiré frustrada, no lograría descansar con las tetas así.

Desenrosqué la tapa con manguera del envase recolector y apoyé el borde sobre mi seno, justamente debajo del pezón. Empecé a masajearlo con la otra mano, pero estaba tan llena que en vez de gotear en el envase, un chorrito de leche salió disparado, mojando mi rodilla y el suelo.

Refunfuñé, con cada minuto que pasaba mi paciencia se iba al caño y el mal humor se apoderaba de mí. En eso escuché a Andrés toser, dando a conocer su presencia en la sala.

–¿Todo bien?

Estaba tan malhumorada que ni siquiera me preocupé en cubrirme. Además, ya Andrés estaba acostumbrado a verme los senos cada vez que amamantaba a mi hijo.

–No. La estúpida máquina sacaleches no quiere prender y

estoy tan cargada que si me ordeño con las manos no logro recolectar la leche, sino que sale disparada a presión, – respondí con tono frustrado.

–¿Hay algo que pueda hacer?

–No, a menos que puedas reparar el sacaleches o te ofrezcas a sacármela tú, –dije mirándome los senos, dirigiendo mi frustración a esas montañas grandes y llenas.

Alcé la vista cuando lo oí aclararse la garganta otra vez y tartamudear,

–¿C...co...cómo?

Me reí al ver su expresión pasmada.

–Tranquilo Andrés, no lo dije en serio, es que estoy frustrada porque necesito sacarme la leche y mi fiel maquinita me ha defraudado. No te preocupes, estoy segura que tengo uno manual guardado por allí.

Lo que dijo después, lo dijo tan bajo que creí que me había imaginado sus palabras.

–Bueno, pues si quieres igual te puedo hacer el favor, sabes, para que no estés adolorida y eso.

Ahora era mi turno preguntar,

–¿Cómo?

Esta vez lo dijo un poco más alto, por lo que no hubo confusión cuando lo escuché decir,

—Si quieres te puedo hacer el favor. No quisiera que estés adolorida o con malestar, —miró el suelo nervioso y continuó, —y no te niego que me da un poco de curiosidad ver a qué sabe.

Por un momento me faltó el habla, no sabía qué decir. Alberto nunca me había dicho algo así, más bien parecía estar repugnado por mi cuerpo desde que quedé embarazada. Yo tenía las hormonas a millón y él no me tocó ni una sola vez desde que supimos que estaba en cinta.

Me dije mil explicaciones y excusas lógicas, tenía varias amigas que le pasaban lo mismo con sus maridos. Creí que nuestra vida sexual volvería a la normalidad en cuanto Lucas naciera, pero ya no era como antes. Evidencia de eso era que ni siquiera me tocaba las tetas, mucho menos las chupaba las pocas veces que habíamos vuelto a hacer el amor.

Miré a Andrés de arriba abajo, cuando mi vista se posó sobre su pantalón, noté que la tela estaba abultada. Un hormigueo de anticipación floreció por toda mi piel, tenía más de dos años que no me sentía deseada por un hombre, y ahora tenía al hermano menor de mi esposo aquí en mi sala con una erección, ofreciendo chuparme las tetas. Encerré la pequeña voz de mi conciencia que decía que no debía hacer eso en un cajón en mi mente y me enfoqué a decirle a mi cerebro a reaccionar.

Creo que tomó mi silencio que estaba ofendida, porque se miró los pies incómodo y farfulló,

–Olvida lo que dije Samanta, no quiero que pienses que soy un perverso o algo, eres la esposa de mi hermano.

–Ven acá –dije con una sonrisa.

–¿Ah?

–No sabes cuan agradecida estaría si me hicieras ese favor Andrés. ¿Estás seguro que no te da asco?

Estaba tan sorprendido que no pudo responder, solo negó con la cabeza.

–Si no te gusta no tienes que hacerlo, pero ya que ofreciste… si me puedes ayudar con beber solo un poquito, para que así no me duelan tanto, estaré muy agradecida, – dije llevándome las manos a mis senos desnudos, rozando mis pezones con la yema de los dedos.

Andrés caminó hasta el sillón con una expresión determinada en el rostro, se arrodilló en el suelo entre mis piernas. Miró mi rostro y cuando le sonreí sus ojos se iluminaron como si le hubiese dado el mejor regalo del mundo. Incliné la espalda hacia adelante, acercando mis senos grandes y firmes a su cara. Apenas sentí sus labios envolver mi capullo y chupar no pude evitar soltar un gemido.

Provocaba la punta de mi pezón con su lengua mientras

bebía mi leche. Se separó un momento y me dijo,

—Es tan dulce. Es delicioso.

Siguió chupando mi seno hinchado, que ahora con cada sorbido se reducía la sensación de pesadez.

Estaba sujetando los apoyabrazos del sillón tan duro que tenía los nudillos blancos, pero sentada allí, con Andrés arrodillado entre mis piernas, prendado de mi seno, bebiendo mi leche, estaba tratando de controlarme para no enredar las manos en su cabello y refregar mis tetas en su cara.

Las cosquillas que asediaban mi pepita eran electrificantes. Alberto nunca había hecho algo así, pero una sensibilidad desconocida encendía mis pezones, la excitación se apoderó de mí y por más que traté de controlarme, no pude evitar envolver su torso con mis piernas y agarrarlo por el cabello, hundiendo su cara en la suave carne del seno que chupaba.

Andrés también se estuvo controlando, porque apenas sintió mi cuerpo abrazarlo soltó un gemido ahogado y rodeó mi cintura con sus brazos fuertes y masculinos.

Tenía tanto tiempo anhelando esa sensación, un deseo como un fuego vivo arrasándome por dentro.

Antes me la estuvo chupando como un buen niño, como un hombre amable y cortés; pero ahora se había transformado en un ser salvaje dominado por el deseo. Estrujaba mis tetas con ambas manos, la leche se chorreaba de mis pezones, recorría mi piel con su lengua, lamiendo desde la curva del seno hasta el pezón, bebiendo mi dulce leche. Gruñía como un animal excitado por mi cuerpo.

Una de sus manos bajó por mi cintura y se posó sobre mi muslo antes de deslizarse bajo mi falda. Me chupaba las tetas a la vez que su mano descorrió mi ropa interior y tocó mi sexo húmedo y hambriento.

–Sí, sí, sí. Por favor, sigue, por favor, –suplicaba desesperada.

Introdujo un dedo en mi raja, lubricando mis pliegues con sus propios jugos y frotó mi pepita dura y anhelante. Mi cuerpo se contoneaba consumida por el placer y no paraba de jadear.

Entonces sentí como su boca se separó de mi seno, tenía surcos blancos de mi leche corriéndose por la comisura de sus labios y un sentimiento de gozo erótico me invadió al ver mi esencia chorreándose por su mentón.

Su boca remplazó sus dedos y un estremecimiento me recorrió al sentir su lengua hurgar mi sexo, chupando mis labios, lamiendo mi raja.

Hincaba los dedos en mis muslos mientras enterraba su cara en mi coño. Eché la cabeza hacia atrás y mis caderas comenzaron a convulsionar con un orgasmo que estalló desde mi centro, nublando mi visión, invadiendo cada célula de mi cuerpo.

Cuando la intensidad de mi clímax cedió, mis senos subían y bajaban al ritmo acelerado de mi respiración. Me miraba desde su posición arrodillada, tomé su rostro entre mis manos y lo besé profundamente. Mientras nuestras lenguas se entrelazaban percibí un erótico sabor agridulce, la combinación de mi leche y mi crema dejaba una fragancia única en su aliento. A pesar de haber sido satisfecha, mi hambre no se había apaciguado, y descubrí que quería sentir su verga enterrada en lo más profundo de mí.

Me quité la ropa interior que había descorrido como pude, al notar mis acciones preguntó,

–¿Qué estás haciendo?

–Tú no has acabado aún. Ven, métemelo.

Pude ver como su erección se prensaba aún más contra la tela de su pantalón, pero vi en su expresión que estaba inseguro. Ya habíamos sido más íntimos que mi esposo y yo en los últimos dos años.

–No sé. Creo que debería irme, todo esto no debió haber pasado Samanta. Eres la esposa de mi hermano, ¡por Dios! ¿Qué estoy haciendo?

Callé sus labios con mis dedos y lo miré a los ojos.

–Por favor, no te vayas. Tu hermano no me toca, no me mira. Las pocas veces que hemos estado juntos ha sido seco, vacío y distante. Le doy asco, ya no me desea.

Él abrió los ojos como platos y preguntó incrédulo,

–¿Qué? ¿Cómo es eso posible? Creo que nunca te has visto más deseable que ahora. No te creo.

Mi mirada entristeció. Creo que pudo ver en mi expresión que decía la verdad.

–A mí no me das asco Samanta. Todo lo contrario, no puedo verte sin que me ponga duro. He soñado con tenerte desde hace más tiempo de lo que quisiera admitir. Me encantan tus tetas grandes y llenas de leche, chuparte los pezones y ahogarme en esa ambrosía, y luego probar esa crema agria que tienes entre las piernas, encontrarte tan mojada, caliente. No hay nada que quiera más que enterrártelo, metértelo hasta el fondo y escucharte gritar mi nombre.

La dicha que me acogió al escucharlo decir eso no tenía precedente. Me hacía sentir deseada, sensual, femenina. Quería dárselo todo, aunque no debía.

–Soy tuya Andrés. Hazme tuya. Por favor, –dije abriendo las piernas, revelando mi raja mojada y hambrienta.

Andrés se desvistió con rapidez y pude apreciar su figura firme y masculina. Entre sus piernas su miembro estaba erguido. La cabeza rosada y lisa, su tronco repleto de venas palpables como raíces apenas sumergidas bajo tierra.

Otra vez se arrodilló entre mis piernas, pero ahora guiaba su verga hinchada y presionó mi abertura con la punta, su erección se hundió en mi cuerpo, su sexo devorado por el mío, me sentía tan llena, rebosante, extasiada de placer de entregar mi cuerpo a este hombre ardiente que me deseaba y satisfacía.

Su carne me embestía, me penetraba hasta el fondo, movía sus caderas con un ritmo inclemente, su pelvis chocando contra mis nalgas y la parte de atrás de mis piernas que estaban abiertas en el aire para facilitarle la entrada.

—Ay sí, dame duro Andrés, dame duro. Métemelo todo Andrés, qué rico me lo metes.

—Me encanta follarte Samanta. Estás riquísima. Agárrate las tetas, apriétalas, quiero ver como se te chorrea la leche de los pezones.

Hice como me dijo, me estrujaba las tetas y al apretar cerca del pezón dos hilos de leche salieron disparados, rociando su cara y pecho. Esto lo avivó más y se estrellaba contra mí, clavando su verga dura en mi sexo. Gemía cada vez que me embestía y mi pepita chispeaba con cada estocada, anunciando la llegada de otro orgasmo. Mis gemidos se sumaron a los suyos mientras me follaba, mi canal lo apretaba con los espasmos provocados por mi clímax a la vez que gritaba su nombre con cada aliento y cada puñalada de placer.

Me sentía deshuesada y saciada momentos después cuando sacó su sexo y lo empuñó en su mano, apretando de adelante hacia atrás, masturbando su sensual longitud hasta que un chorro de semen brotó de la punta, soltando cordones de su esencia espesa y caliente sobre mi pecho y abdomen, mezclándose su leche con la mía en mi piel.

Cuando terminó, permaneció callado contemplando mi figura bañada en la evidencia de nuestro encuentro libidinoso. No resistí la tentación de refregarme nuestro jugos, mezclando ambas esencias blanquecinas para luego llevarme un dedo untado en esa nata a la boca y chuparlo.

–Eres una mujer divinamente perversa Samanta.

–Gracias por despertar estos apetitos Andrés, lo necesitaba.

Una sombra cruzó su cara.

–¿Qué le diremos a Alberto?

–Por ahora no quiero pensar en eso, él no regresa sino hasta la próxima semana. Y mientras tanto quiero disfrutar como te bebes mi leche y como me lo metes hasta el fondo. Ven, vamos a bañarnos.

Le extendí la mano y lo guié hasta la ducha, donde nos bañamos y lo hicimos otra vez.

FIN

Devóra Mela
Primera vez
con mi Jefe en la montaña
Señorita Traviesa 2

51

Mi Primera Vez
fue con mi Jefe en la Montaña

Señorita Traviesa 2

Mi jefe y yo indudablemente teníamos una relación laboral atípica. Disfrutaba trabajar para él, a pesar de que nuestras personalidades podían chocar de vez en cuando porque ambos éramos muy competitivos.

Felipe era un hombre atlético a pesar de sus cuarenta y tantos años, y disfrutaba de estar al aire libre tanto como yo. Definitivamente pasábamos tiempo juntos, hasta fuera de la oficina; ya que compartíamos los mismos pasatiempos. Más de una vez habíamos coincidido en caminatas por la montaña que rodeaba la ciudad. Era inevitable caer en competencias sanas cuando nos encontrábamos en los senderos, cada uno intentando ganarle al otro en la llegada hasta cierto punto o pico.

Esta mañana, mientras me vestía para ir por un sendero particularmente largo y difícil, no podía dejar de pensar en mi jefe; tenía la esperanza de que me había escuchado cuando le había dicho a una compañera de la oficina que pretendía subir por este camino en particular.

Tenía emociones encontradas cuando se trataba de él. Por

un lado era mi jefe, estaba fuera de límites y tenía al menos 20 años más que yo; pero por otra parte, era un hombre maduro, atractivo, asertivo y seguro de sí mismo. Me despertaba sensaciones que ninguno de mis novios había logrado suscitar. A mis 21 años aún era virgen, y nunca había visto un hombre desnudo, bueno, nunca en vida real. Más de una noche, antes de dormir, me masturbaba pensando en mi jefe; imaginaba a Felipe haciendo todo lo que nunca le permití a los chicos con quienes había salido. Tenía curiosidad por aventurarme en el mundo del sexo, y soñaba despierta con la ilusión de que mi jefe podría guiarme a través de mi primer encuentro sexual con su experiencia.

Me encontraba al pie de la montaña, a punto de empezar a subir por el sendero cuando escuché su voz familiar.

–¡Cristina!

Mi corazón dio un salto y me giré para verlo andando hacia mí.

–¡Buenos días jefe! –le dije tratando de no revelar la emoción de verlo en mi voz.

–Buenos días empleada –respondió a modo de broma–. Sabes que tienes permiso de llamarme por mi nombre, ¿verdad?

–Claro que sí patrón –mi respuesta le hizo sonreír divertido–. ¿Ha venido a conquistar este sendero de montaña hoy? –le pregunté, curiosa por ver que respondería.

–Sí, te escuché ayer mencionar que pretendías subir por este sendero. Es uno particularmente largo y duro. Me animé a venir por si te gustaría ver quién llega primero a la cima –dijo con un brillo en los ojos.

Seguro que tú lo tienes largo y duro, dijo una voz traviesa en mi interior. Sonreí y luego me reñí a mí misma, *¡tenía que dejar de tener fantasías sexuales con mi jefe!*

Dejé que mi vena competitiva ahogara los pensamientos perversos que se habían alojado en mi mente.

–La última vez que subí por esta ruta, lo hice en tres horas –dije en tono arrogante, y él respondió de manera superior–. Yo lo hice en menos.

–¡Ja! ¡Ya veremos quién llega primero!–. Me di media vuelta y comencé la subida.

Momentos después Felipe caminaba a mi lado y me sobrepasó, determinado en ganar la competencia. Ni corta ni perezosa mantuve mi ritmo a pocos pasos detrás de él. De vez en cuando me miraba por encima de su hombro a medida que sobrepasábamos a otros senderistas. No habíamos llegado ni a la mitad cuando la molestia que tenía en mi top deportivo me estaba enloqueciendo. Sentía una piquiña aguda justo debajo de mi seno derecho, con cada paso que daba el escozor se hacía más y más incómodo hasta que no pude más y me detuve.

–¡Ey! ¡Espera!

Felipe se volteó con una mirada orgullosa y preguntó–
¿Cansada?

Mi respiración estaba acelerada, y la de él también, pero la razón por detenerme no era esa.

–Tengo algo en la ropa que me está molestando. Necesito sacármela.

–¿La ropa? –preguntó alzando las cejas.

–Sí. Voy a meterme por aquí, cuida que nadie venga por este desvío.

Me salí del sendero principal, adentrándome entre los arbustos, buscando privacidad entre el follaje. Me saqué la camiseta y con los dedos hurgué bajo la liga de mi sostén deportivo, pero no daba con lo que me estaba pinchando, así que me aseguré de que no había nadie a mi alrededor y me lo quité.

El culpable era el palito plástico que había quedado cuando le quité la etiqueta. Impresionante como algo tan pequeño podía resultar tan molesto. Trataba en vano de terminar de sacarlo de la prenda con los dedos, estaba allí parada en medio de la naturaleza con las tetas al aire cuando escuché una profunda inhalación.

Alcé la mirada y vi a mi jefe parado a pocos pasos de mi "escondite", su vista clavada en mis pechos desnudos.

–¡Felipe! –exclamé cubriéndome los senos con las manos–
¿Qué haces aquí?

–Quería asegurarme que estabas bien... estabas
demorando.

–Estoy bien, estoy tratando de sacar el plástico de la
etiqueta de mi top, eso era lo que me estaba pinchando.

Volvió su mirada a mi cara y luego al suelo donde había
caído el sostén cuando me sorprendió. Se acercó unos pasos
y lo recogió del suelo. Miró la prenda y halló el plástico. Se
lo llevó a la boca y con los dientes rompió el pequeño tope
que prevenía que se saliera de la tela. Me extendió la
prenda y con un brazo buscaba cubrir mis pechos mientras
tomaba el sostén de su mano.

–Gracias. Ahora voltéate.

–¿Por qué? –preguntó con fingida inocencia.

Le di una mirada exasperada y con una sonrisa pícara en
los labios me dio la espalda.

El corazón me latía a mil por hora, pero no creo que era por
el acelerado ritmo de nuestro caminata por la montaña. Me
cubrí el torso nuevamente y estaba aliviada de ya no sentir
la piquiña del palito de plástico.

–Ya podemos continuar –anuncié.

Felipe se giró y me miró de arriba abajo.

–¿Seguimos la competencia?

–Claro –respondí, negada a dejarme ganar.

–¿Qué tal si lo hacemos un poco más interesante?

–¿Interesante cómo? –pregunté curiosa.

–El primero a la cima gana un premio –dijo de manera misteriosa.

–¿Qué premio? –pregunté, ya me estaba impacientando.

–No lo sé –dijo tirando de las correas de su bolso–. ¿Quizás pueda verlas de nuevo? –Asintió con la cabeza hacia mi pecho y miré hacia abajo para asegurarme de que estábamos en la misma sintonía.

–¿Mis tetas? –pregunté un poco incrédula.

Asintió con la emoción de un adolescente.

Me reí–. ¿No has visto un par de tetas antes?

–No un par tan bonitas como las tuyas –sonrió.

–Está bien– dije con altanería, sabía exactamente qué premio quería–. Pero si yo gano puedo ver lo tuyo.

–¿Mi pecho? –dijo mirando hacia su camiseta.

–¡No! –y gesticulé con la cabeza más abajo.

Se cubrió el entrepierna con la mano y dio un apretón–
¿Esto? ¿Para qué quieres ver esto?

–Por el mismo motivo que tú quieres ver éstas –respondí,
aunque eso era una mentira. Él obviamente había visto las
tetas de quién sabe cuántas mujeres. Yo, sin embargo,
nunca había visto a un hombre desnudo, y tenía curiosidad
de verlo, sobre todo a él, en vivo y en directo.

–Ya veremos quién llega primero –dijo antes de emprender
la marcha repentinamente que tuve que trotar unos metros
para alcanzarlo.

Tras haber caminado más de la mitad del recorrido,
habíamos aminorado la velocidad. Felipe seguían
caminando a pocos pasos enfrente de mí, y no me
molestaba en absoluto, ya que podía apreciar como se veía
su culo. ¡Dios! ¡Ese hombre sí que se mantenía en forma!

A medida que nos acercábamos a la cima, el aire estaba
más frío y el viento removía mi cabello. Entonces Felipe
anunció súbitamente– ¡Allí! ¡A que llego primero! –y
rompió a correr.

Rápidamente contemplé el camino y saqué energía con
toda la intención de ganar la carrera. Lo estaba alcanzando
cuando él aceleró el paso, pero entonces divisé una ruta
más corta a mi izquierda; me aparté del camino y comencé

a escalar unas piedras que me acercaron a la meta. En pocos pasos estaba por encima de él y sentí la sonrisa extenderse por mi rostro cuando toqué la roca que marcaba la cima.

–¡Ja ja! –me reí, sonriéndole–. No te sientas mal, segundo lugar sigue siendo respetable.

Mi jefe frunció los labios mientras se acercaba y apoyó la mano en la cumbre–. Felicitaciones –murmuró, y parecía que le dolía decirlo.

–Gracias, –dije, sonriendo contra la brisa que refrescaba mi cara. Recuperamos el aliento mientras mirábamos a nuestro alrededor, estaba maravillada con la vista.

Una leve llovizna empezó a caer, por lo que mi jefe dijo– Ahora salgamos de aquí.

–Espera un momento, –dije levantando un dedo–. El primero en llegar ganaba un premio… ¿recuerdas?

–¿Quieres hacer eso aquí? –preguntó incrédulo–. ¡Hay gente alrededor!

–Una apuesta es una apuesta. Además, no te preocupes por la gente. Sígueme, conozco un lugar de cuando vine la última vez.

Bajamos unos metros, encontrando una pequeña cueva oculta que había descubierto el año pasado.

–Ahí, –dije, y lo jalé hacia la entrada.

Nos abrimos paso a tientas y sentimos el refugio inmediato del viento y la lluvia al adentrarnos en la cueva. La cueva era lo suficientemente profunda para protegernos de los elementos y era lo suficientemente alta como para estar de pie. Alguien antes que nosotros ya había quitado las rocas para que el suelo fuera tierra compacta y seca.

–Adelante –le dije bloqueando la salida de la cueva.

Parecía reacio.

–¡Fue tu idea! –reí–. ¡Vamos! ¡Enséñamelo!

Mi jefe suspiró, ya me conocía lo suficiente como para saber que podía ser más terca que una mula cuando quería conseguir algo.

Alzó su camiseta, revelando el botón reluciente de sus pantalones deportivos. Miraba sus manos hipnotizada mientras se los desabrochaba. Se bajó la cremallera lentamente, ahora parecía disfrutar lo absorta que estaba con el espectáculo.

–Vamos –dije saltando con impaciencia, sentía el corazón acelerado y la humedad que empezaba a deslizar por mi canal.

Se rio– ¿Lista?

Asentí emocionada, viendo el contorno de su masculinidad
debajo de la tela de su ropa interior.

En un movimiento rápido se lo sacó por encima de la liga
de sus calzoncillos. Mis ojos lo escanearon y quedé
boquiabierta. Tenía un buen tamaño y parecía que se estaba
endureciendo, pero antes de que pudiera contemplar más,
se lo había vuelto a meter en los pantalones.

–¡Oye! –exclamé.

–Oye, ¿qué? Ese era el trato, ¿verdad?

–Pero apenas lo vi.

Se encogió de hombros y siguió abrochándose los
pantalones.

–¡Vamos! —dije desesperada—. Muéstrame y te mostraré.

Se detuvo–. ¿Me mostrarás qué?

–Mis tetas –dije mirándolo a los ojos.

–No hay trato –respondió.

–¡¿Qué?!

–Tetas y coño –dijo.

Negué con la cabeza en silencio. Pero él sabía que tenía

algo que yo quería.

–Si quieres verlo, ese es el…

–¡Está bien, está bien!– interrumpí resignada.

Afuera seguía lloviznando. Estábamos en un rincón secreto, a punto de hacer algo completamente descabellado mientras la gente subía y bajaba a solo unos metros encima de nosotros, inconscientes de las travesuras que estaban sucediendo debajo de ellos.

Me subí la camiseta y la dejé descansar sobre mis tetas, seguido empujé mi ajustado sostén hacia arriba, dejando caer mis pechos de su confinamiento, liberando mi carne voluptuosa.

Felipe se acercó un paso más, contemplando mis tetas desnudas.

–Ahora tú –le dije.

–No. Tetas *y* coño… al mismo tiempo…

–¡Uf! –exclamé– eres implacable.

–Supongo que por eso soy el jefe –dijo guiñando el ojo.

Sus ojos brillaban en la penumbra mientras me bajaba mis yoga pants junto con mi tanga hasta justo por encima de mis rodillas.

–Ahí la tienes –dije sintiendo el aire frío sobre mi carne desnuda.

Frotó su verga y me di cuenta por su longitud que ahora sí debía estar duro.

–Ahora es tu turno –dije.

–Pero no puedo ver.

–Entonces ponte de rodillas.

Felipe se arrodilló sobre el suelo y miró hacia arriba, contemplando mi sexo prohibido. Separé los labios rosados de mi coño con los dedos, revelando mi clítoris escondido.

–¿Ahora puedes ver?

–Sí, –dijo acercándose.

–Ahora es tu turno.

Él permaneció en silencio, en vez de responder se acercó aún más. Observé atentamente mientras avanzaba poco a poco sobre sus rodillas. Su cara se aproximaba cada vez más a mi coño. Se movía como si la menor protesta le haría abortar sus planes. Permanecí inmóvil, la anticipación creciendo con su cercanía. Vi como su rostro ya estaba a centímetros de mi intimidad, hasta que pude sentir su aliento sobre mi sexo.

Mi mano seguía donde estaba, abriéndome ligeramente para él. Entonces sentí su mejilla tocar el interior de mi muslo y luego su cálida boca fue besando mis pliegos.

–Ay Felipe, –suspiré, soltando mis labios y sosteniendo su cabeza en su sitio sobre mi sexo. Besaba mi coño con sus labios y su lengua como si lo hubiera hecho mil veces antes, revoloteando su lengua firmemente sobre mi carne ansiosa y saboreando los jugos que ya fluían desde mi abertura. Mi clítoris se puso rígido bajo sus lamidas y cuando su lengua se deslizó hacia arriba lo encontró fácilmente. Lamió mi pepita hinchada, enviando descargas de absoluto placer por todo mi cuerpo. Nadie jamás me había comido el coño antes y se sentía increíble. Mi jefe era un maestro.

Cuando separó su boca pecaminosa de mi centro de placer lo miré con incredulidad. Haló mis yoga pants y tanga hasta terminar de sacármelos junto con mis botas. Terminé sentada sobre el suelo, usando mi ropa para proteger mi trasero de la tierra. Mi jefe abrió mis piernas y volvió a conectar su boca sobre mi coño. Eché la cabeza hacia atrás y divisé la apertura de la cueva. Éste era nuestro santuario, protegiéndonos del juicio del mundo.

Pasé mis dedos por su cabello mientras devoraba mi sexo mojado.

–¡Qué divino me la chupas! –jadeé, presa de la deliciosa tortura a la cual me sometía con su boca experta.

Mis manos apretaron mis tetas mientras mi jefe me lamía

con gula, hasta que sentí como se avecinaba el orgasmo implacable que estaba provocando en mi centro. Arqueé la espalda, refregando mi coño en su cara, meciendo las caderas como una gata en celo.

–¡Me vas a hacer acabar! –exhalé, apretando mis piernas alrededor de su rostro mientras él continuaba sin cesar. Mientras veía el cielo por la entrada de la cueva, algo extraño cruzó mi visión. Pronto me di cuenta de que era una bota, unida a una pierna, pero lo estaba mirando al revés. Felipe no se había dado cuenta. Tensé mi mandíbula y vi otra pierna colgar desde la parte superior, evidente que un extraño encima de nosotros se tomó un merecido descanso en la ladera de la montaña, meciendo sus piernas sobre la apertura de la cueva. Ahogué el grito de placer que buscaba salir de mi garganta.

El orgasmo me sacudió como una ola violenta, mi cuerpo temblaba de éxtasis y mi jefe chupó más fuerte, besándome y lamiendo el jugo que se chorreaba a torrentes de mi coño. Relajé mis músculos y sentí las ondulantes contracciones que consumían mis sentidos, mis muslos temblaban cerca de su rostro, entonces mi jefe se apartó, observó mi sexo y luego vio las botas también.

–¡Cristina! –siseó.

–Lo sé –gemí, cerrando los ojos y poniendo una mano sobre mi coño mientras mi cuerpo aún vibraba por el orgasmo. Suspiré de felicidad, tratando de olvidar lo cerca que estábamos de ser descubiertos. Felipe miró a su alrededor como si estuviera buscando una ruta de escape, pero la cueva era poco profunda y no había ninguna otra salida.

–¿Qué hacemos?– preguntó, poniéndose de pie.

Mis ojos aún estaban cerrados mientras me regodeaba en el gozo que sentía en cada una de mis células.

–¡Cristina! –exclamó en un susurro.

Abrí los ojos y le sonreí agradecida.

–¡¿Qué hacemos?! –susurró exasperado.

–Nos quedamos aquí –respondí con calma.

–¿Aquí? ¡¿Por cuanto tiempo?!

–Hasta que se vayan –dije, y miramos otro par de piernas al lado del extraño y pateaban juguetonamente.

–Probablemente solo estén comiendo –dije tranquila.

–¿Entonces, qué hacemos ahora?

–Bueno –una idea traviesa formándose en mi mente–. Tú ya has comido. Así que supongo que ahora es mi turno.

Me puse de rodillas y me acerqué hasta él. Mi jefe permanecía en su sitio a medida que me aproximaba, indeciso entre el miedo a ser descubiertos y la idea de lo que estaba a punto de hacerle.

Desabotoné sus pantalones con impaciencia, tirando hacia abajo con su ropa interior.

–Ahora es mi turno –le dije, y suspiró como si no tuviera elección.

Contemplé maravillada como una versión más grande y rígida de su verga estaba ante mis ojos. Estaba desesperada por devolverle el favor. Rodeé su tronco con mis manos y envolví la cabeza rosada entre mis labios. Mi jefe suspiró y apoyó las manos sobre mi cabeza mientras tenía sus pantalones alrededor de los tobillos y su verga hinchada estaba profundamente enterrada en la boca de su empleada virginal.

–Felicitaciones por llegar a la cima–, dije a modo de broma, deslizando mi mano a lo largo de su asta lubricada con mi saliva.

No podía creer que no solo había visto el sexo de mi jefe, también lo estaba tocando y hasta me lo había metido a la boca, chupándolo con un apetito que no sabía existía dentro de mí. Mi jefe gemía suavemente mientras alternaba entre masturbar su rigidez con la mano para luego chupar lo más que podía de su gruesa longitud con mi boca. Parte de mi quería hacerlo perder el control en ese mismo momento, que vaciará su semen caliente en mi boca, pero la otra parte de mí quería más.

Ya habíamos hecho algo que jamás podríamos decir a otra

persona en el trabajo; así que ¿por qué no llevarlo un poco mas lejos?

—¿Quieres acostarte aquí conmigo? —susurré después de recorrer su tronco con mi lengua y suavemente lamer sus bolas.

—¿En el suelo?

—Sí —respondí y luego chupé la suave piel de su cabeza.

—¿Y si viene alguien?

—Entonces vienen —dije sin darle importancia.

Me di cuenta que necesitaba un poco de reafirmación al respecto, pero sonrió emocionado ante mi propuesta; se quitó las botas y los pantalones, aproveché para recorrer sus musculosos muslos con mis manos mientras se inclinaba al suelo.

Colocamos la ropa como una especie de manta para acostarnos, luego mi jefe terminó de sacarme la camiseta y el sostén. Me cubrí los labios para contener una risilla, miré hacia las parejas de pies que se balanceaban inocentemente sobre nosotros. Había algo indescriptiblemente excitante en el hecho de que había alguien a solo unos metros de nosotros mientras cometíamos un acto tan caliente.

—¡Qué ricas las tienes! —dijo mi jefe apretando mis tetas en sus manos. Las juntó y besó cada pezón a su vez, mordiéndolos y chupándolos con voracidad.

Se arrodilló sobre mi torso y puso su verga dura entre ellas, apretando su sexo con mis tetas.

–Sólo quería intentarlo –dijo moviendo su rigidez de adelante hacia atrás.

Noté la alegría en su rostro mientras experimentaba conmigo, mirando hacia abajo para ver cómo su verga se movía entre mis tetas.

–Estás más que bienvenido –sonreí. Abrí la boca y envolví su glande con los labios cada vez que se movía hacia adelante. Mi jefe incrementó su ritmo, balanceándose sobre mí hasta que se retiró completamente para luego enterrar su verga hinchada en mi cara.

Metió su sexo hasta lo más hondo de mi boca, haciendo cosquillas en la parte superior de mi garganta mientras apoyaba ambas manos sobre el suelo para estabilizarse. Mecía sus caderas de adelante hacia atrás, cogiéndose mi cara.

Sacó su verga de mi boca, su grosor bañado en saliva, entonces se arrodilló entre mis piernas. Besó mis labios y luego sentí la inconfundible punta húmeda de su verga acariciando mi entrada.

–Oh, Felipe –gemí.

Estaba jadeando acelerada y solté un grito ahogado cuando su verga hinchada y dura penetró mi abertura. Sentí una pequeña resistencia en mi canal estrecho, pero siguió adelante, traspasando mi himen con su longitud. Sentí un pellizco de dolor cuando su miembro terminó de invadirme. Mis labios abrazaron su grosor y mi jefe cerró los ojos y gimió de placer al sentir el calor de mi sexo envolverlo.

–No puedo creer que estamos haciendo esto –dije mirándolo.

–Yo tampoco –replicó–. Pensé que nunca iba a suceder.

Entonces me besó y sus palabras rodaban por mi mente. Me sentí feliz al darme cuenta que Felipe me deseaba como yo a él.

Nos besábamos desesperados, gemía contra su boca mientras su sexo entraba y salía de mi cuerpo, el dolor que había sentido al perder mi virginidad ahora era reemplazado por una deliciosa sensación de llenura que nunca antes había experimentado. Mi coño estaba mojado y resbaladizo, su verga deslizaba de adentro hacia fuera, poco a poco aumentando el ritmo y el frenesí de nuestra excitación. Las caderas de mi jefe chocaban con cada arremetida, el sonido de nuestro encuentro resonando en las paredes de nuestra cueva secreta.

–¡Qué rico se siente! –gemí. –¡Me encanta como me llenas toda! ¡Quiero que me llenes con tu leche!

Exclamé mis deseos perversos sin cuidado, dispuesta a provocar a los posibles testigos cuyos pies colgaban sobre nosotros. Si bajaban de donde estaban sentados podrían ver a mi jefe, enterrándose profundamente en mi coño, acercándose cada vez más al orgasmo.

–¡Estás tan apretada! –dijo Felipe, besando mi cara una y otra mientras me cogía.

–¡Dámelo todo! –exhalé, acariciando su rostro y abriendo más mis piernas.

–¿Dónde lo quieres?

–¡Acábame adentro! –rogué, quería que me llenara con su semen.

Sus ojos se abrieron de par en par ante mi atrevida sugerencia, entonces su expresión cambió y aceleró el ritmo.

–¡Sí! ¡Sí! ¡Sí! –gimoteé, mirando su rostro fijamente, deleitándome con las profundas estocadas que arremetía contra mi centro. Con cada choque de su cuerpo contra el mío, azotaba mi clítoris sensible; no podía creer que otro orgasmo se estaba apoderando de mí. Me permití gemir sin censura, gozando el placer de mi clímax. Los espasmos de mi canal invitaban a que mi jefe se vaciara en mí.

–¡Voy a acabar! –dijo mi jefe, y sentí la primera contracción.

Su verga pulsó en mi interior y mi coño se tornó pegajoso y cálido cuando eyaculó los primeros chorros de semen en mi canal. Se apoyó sobre mi cuerpo, sosteniendo la mayor parte de su peso sobre sus antebrazos, aún así su musculoso pecho aplastaba mis tetas. Lo apreté más aún con mis piernas, invitándolo a que vaciara toda su semilla en mi interior. Sentía su verga palpitar en mi interior, inundándome con su leche blanca y viscosa.

Su corazón latía con fuerza y los dos jadeábamos exhaustos, cuando se hubo recuperado, se salió lentamente de mi sexo. Mi cuerpo estaba consciente del vacío cuando se retiró, me sentía levemente adolorida, pero la satisfacción era mayor.

Entonces noté el ceño enfurruñado de Felipe contemplando hacia abajo. Me incorporé y miré nuestros sexos hinchados y recubiertos en la fusión de nuestros jugos, estaban manchados por un suave tono rosa.

—¿Te sientes bien Cristina? ¿Te hice daño? —preguntó mi jefe preocupado.

—Estoy más que bien —le respondí y besé en los labios— un poquito adolorida, pero creo que eso es normal la primera vez.

—¡¿Primera vez?! —exclamó— ¿Eres virgen?

—Era —respondí con una sonrisa traviesa.

—¿Por qué no me lo dijiste?

—Porque seguramente no hubiera sucedido lo que acaba de suceder. Y no te sientas mal, no pasó nada que yo no quise que pasara. Ha sido increíble para mí. Espero que para ti también lo haya sido.

–Tanto, que lo único que quiero es cogerte otra vez –respondió, la lujuria brillando en su mirada–. Pero la próxima vez será en una cama. Así que vamos –dijo finalmente–. Ya se han ido. –dijo haciendo un gesto hacia la entrada de la cueva. Pude ver que los pies habían desaparecido.

Mi jefe me ayudó a ponerme de pie, cuando terminamos de vestirnos lo vi mirándome de arriba abajo. Me rodeó con los brazos y agarró mis nalgas con fuerza, para luego darme una sonora palmada en el culo.

–¿Vemos quién llega abajo primero? –dijo.

–¿Qué gano si llego primero? –pregunté divertida.

–Lo que tú quieras –dijo– pero si yo gano, te quedarás en mi apartamento todo el fin de semana. Me reí y seguí sus pasos, pensando que perder esta competencia no me resultaría tan mal.

FIN

Curiosa y Traviesa 1
El Repartidor de Pizzas +
mi mejor amiga y yo
Devóra Mela

El Repartidor de Pizzas
+ Mi Mejor Amiga y Yo

Curiosa y Traviesa 1

–Tienes que olvidarlo Karla –dice mi amiga Rosaura– ¡es un mentiroso, desgraciado montacachos!

–Yo sé que ya la relación no era lo que era antes, pero ¿por qué no terminó conmigo en vez de acostarse con esa tipa de su trabajo?

–¡Por favor no me digas que estás considerando perdonarlo! –exclamó al ver la expresión resignada en mi rostro.

–No… no sé… es que lo quiero…

–No, no, no, no y no. Es mi deber como tu amiga decirte cuándo estás perdiendo la cabeza. No puedes quedarte con un hombre mentiroso, que te engaña con otra y no te hace feliz; porque no lo niegues, hace tiempo que no son felices. –Su tono era enfático–. Lo que tú necesitas es sacarte ese clavo con otro clavo –dice Rosaura con absoluta convicción.

–¿Y dónde voy a encontrar a un hombre con quien quiera

tener algo?

En ese momento sonó el timbre, seguido por una voz que anunció– ¡Pîzza!

La cara de Rosaura era un poema. Se levantó de un salto y se asomó por el ojo mágico de la puerta.

–El destino ha intercedido en tu favor amiga –susurró con emoción exagerada–. Con entrega a domicilio y todo. Hasta la cena la trae en la mano.

–¿Estás loca? –susurré alterada para que el repartidor de pizzas al otro lado de la puerta no me escuchara.

–Claro que lo estoy, y tú lo sabes –respondió guiñando el ojo antes de abrir la puerta.

Allí estaba el repartidor de pizzas más guapo que jamás había visto, pareciera que el destino si me estaba trayendo un consuelo; hasta el uniforme de colores de comida rápida le quedaba bien. No sé si era por la idea descabellada que me sembró Rosaura en la cabeza, pero se me hizo literalmente agua a la boca.

–Disculpa la demora cariño –dijo mi amiga en su tono más coqueto–. ¿Tienes que hacer más entregas o somos tu último pedido de la noche?

El hombre frunció al ceño extrañado ante la pregunta.

–Es que te ves agotado, y estamos tan agradecidas que nos hayas traído esta cena tan deliciosa. Seguro que te gustaría beber una cerveza bien fría después de un largo día de trabajo ¿o no?

La cara de "Matías", según lo identificaba la etiqueta sobre su pecho era una de puro asombro. Estoy segura que pensó que había entrado a la dimensión desconocida.

–Una cerveza sería bastante agradable, la verdad –dijo en un tono que revelaba que aún no entendía lo que estaba sucediendo.

Rosaura cerró la puerta del apartamento, tomó las cajas de sus manos y le indicó que la siguiera hasta la sala. Después de darle una cerveza, el hombre miró a Rosaura y luego a mí sin saber qué decir, pero evidentemente apreciando al atuendo doméstico que ambas llevábamos.

Yo solo quería quedarme en casa de mi mejor amiga, atragantarme de comida chatarra, beber cerveza y ver una película que me hiciera olvidar el mensaje de texto que encontré esa tarde en el celular de mi novio que decía: *Anoche estuvo riquísimo papi, ¿cuándo lo hacemos otra vez?*

Tuvimos una pelea horrible, ¿cómo era posible que me hacía sentir culpable por algo que él había hecho mal? Llegué con un bolso para pasar la noche donde Rosaura; y ahora estábamos las dos en ropa de dormir, que no era más que una camiseta corta de tirantes y unos pantalones cortitos de color turquesa para mí, y ella llevaba un camisón que parecía un vestido ultra sexy color lila.

Sentí que me ruborizaba mientras Matías me miraba de pies a cabeza, al menos me mejoraba el autoestima que un hombre le parecía atractiva esta noche.

–¿Estás bien? –preguntó de repente–. Es que pareciera que habías estado llorando.

Antes de que pudiera decir algo, Rosaura intervino.

–Hoy se enteró que su novio se está acostando con un compañera de la oficina.

El hombre hizo una mueca de disgusto y dijo– Oye, cuánto lo siento.

Yo no sabía qué decir, así que solo me encogí de hombros. Pero Rosaura estaba determinada en hacer algo, ¿qué exactamente?, creo que ni ella lo sabía, pero nunca pensé que el día que me enteraba que mi novio me engañaba con otra sería el mismo día en que haría un trío con mi mejor amiga y el repartidor de pizzas.

–Dime algo… Matías –leyó de la etiqueta con su nombre–. ¿Es cierto que los repartidores de pizzas constantemente los invitan a tener sexo como pasa en las pornos?

El hombre sonrió por primera vez, claramente divertido. Bebió un sorbo de cerveza antes de decir– Creo que esa es la fantasía más común que tenemos todos los que trabajamos en esto; pero lo cierto es que no ocurre con frecuencia. Para ser totalmente honesto, a mí nunca me ha pasado. Un compañero de trabajo dijo que una vez lo invitaron a pasar a un apartamento donde había una despedida de solteras y se cogió a las siete mujeres que estaban allí, pero no me lo creo.

–Jjmmm, sí, siete suena como mucho. ¿Y qué te parecería hacerlo con dos?

Matías alzó las cejas y abrió los ojos como platos.

–Tener la oportunidad de estar con dos hermosas mujeres como ustedes es la fantasía de la mayoría de los hombres, la mía sin duda. Sería un sueño hecho realidad.

–Sería algo donde estamos ganando todos. ¿No te parece Karla? ¿Acaso no me dijiste una vez que Rodrigo quería hacer un trío? Será la mejor venganza…

Miré a mi mejor amiga y el repartidor de pizzas que estaban de pie en la pequeña sala de mi amiga. Me mordí el labio, aún insegura. Sí, era cierto que Rodrigo siempre había querido hacer un trío con otra mujer. Hasta se lo había mencionado a Rosaura, a ver qué pensaba al respecto; si iba a hacer eso algún día, quería hacerlo con ella. No solo porque confiaba completamente ella, pero era una mujer preciosa con un culo que siempre pedía que voltearas a verla.

Como la chica de acción que es Rosaura, se acercó a Matías y trazando los dedos de manera sensual por su pecho le dijo– ¿qué dices Matías? ¿Quieres hacer tu sueño realidad y dar lo mejor de ti para que esto sea una noche inolvidable para Karla? Así, hoy no será el día que la engañaron, sino una noche de sexo increíble... para ella, para ti y para mí.

Matías no titubeó, apoyó la cerveza sobre la mesita y rodeó la cintura de Rosaura con ambas manos, acercándola a su cuerpo tan apetitosamente viril, presionando la erección que ya crecía bajo sus pantalones contra su vientre.

El beso entre los dos estaba cargado de lujuria y subió la temperatura en la habitación, o al menos su conexión me subió la temperatura a mí, porque sentía la piel caliente y el hormigueo particular entre mis piernas que hace tiempo no ocurría.

Al separar sus labios, Rosaura le dijo a Matías— Encárgate tú de Karla, que yo me encargo de ti.

El repartidor de pizzas se acercó a mí en pocos pasos, cerré los ojos y dejé que me besara, su lengua invadiendo mi boca, su colonia inundando mi olfato con aquella fragancia masculina. Sentí la humedad deslizar por mi canal, empapando mis pantalones cortos que realmente parecían cacheteros.

Sus manos se sentían grandes y fuertes, subieron por mi cintura y llegaron hasta mis senos. Mis pezones estaban como dos balas contra la tela de la camiseta, sus dedos frotaron mis picos sensibles, despertando un chispazo eléctrico que estalló directamente en mi pepita.

Gemí excitada, mi lengua enredada con la suya; mientras tanto, Rosaura desabrochó sus pantalones y sacó su verga dura. Mi mejor amiga se arrodilló frente al repartidor de pizzas y comenzó a mamárselo mientras él apretaba mis senos por encima de mi camiseta pero la otra mano pasó debajo de la ropa para meter y sacar el dedo de mi raja mojada.

Sus dedos se sentían tan ricos, resbalaba en la crema de mi excitación. Interrumpía la penetración de mi coño para frotar mi pepita resbaladiza, haciendo que contoneara las caderas, buscando restregarme aún más contra su mano. Los sonidos de mi mejor amiga mamando su miembro erecto elevaban el deseo perverso que caldeaba el apartamento. Dejamos de besarnos para ver la cabeza de Rosa moverse de adelante hacia atrás, engullendo su asta, dejando su longitud brillante con su saliva.

Matías soltó un gemido de aprobación y empuñó su cabello.

—¡Qué rico me lo chupas mami! ¡Tienes la boca divina!

—Si te parece que una boca es divina, imagínate lo rico que serán dos. Pero ese combo te lo damos si logras que mi amiga acabe en tu mano.

—A las dos las voy a hacer acabar más de una vez esta noche —aseguró confiado.

Le extendió la mano a Rosaura para que se pusiera de pie y luego nos indicó a las dos que nos echáramos sobre el sofá.

Lo miramos quitarse la ropa, apreciando los ángulos masculinos de su cuerpo, su verga tiesa apuntando hacia nosotras.

Entonces se puso de rodillas y se acercó primero a mí, sus manos quitaron mi prenda de abajo, y una vez expuesta separó mis piernas y enterró la cara en mi coño, su lengua recorriendo mi raja y provocando mi pepita con lamidas expertas.

Entonces me asaltó una estimulación doble cuando Rosaura estiró mi camiseta para abajo, dejando mis tetas al aire.

–¡Siempre me han encantado tus tetas! –dijo antes de chupar uno de mis pezones y manosear mis senos.

Estaba extasiada sobre aquel sofá, ya no pensaba en nada, solo disfrutaba la sensación de mi mejor amiga chupando y apretando mis tetas mientras el repartidor de pizzas lamía mi clítoris y media y sacaba los dedos de mi coño, volviéndome loca de placer.

Me retorcía de gozo hasta no poder más, el orgasmo era inevitable, y cuando estalló en mi interior un gemido desesperado salió de mi garganta, mi cuerpo convulsionando con espasmos de placer.

Cuando era evidente que mi cuerpo necesitaba descansar, Matías se movió de mí a mi mejor amiga que lo contemplaba con mirada emocionada. Deslizó su ropa interior hasta sus tobillos y se la quitó, pero en vez de abrir sus piernas, las mantuvo juntas y las alzó para que las puntas de sus pies apuntaran al techo.

Apretó una de sus redondas nalgas y luego la otra, le dio una sonora palmada por la que ella soltó un gritico sorprendido y emocionado. Trazó su abertura con el dedo para luego enterrarlo entre sus pliegos, esparciendo la crema agridulce de su excitación.

A pesar de haber acabado, seguía muy caliente; me excitaba de sobremanera ver lo que el repartidor de pizzas le estaba haciendo a mi mejor amiga. Después de meter y sacarle el dedo, lo llevó, untado de su nata, a sus labios, chupándose la crema de ella antes de comerle el coño como hace momentos me lo comió a mí.

Mientras más se la chupaba más gemía Rosaura, estaba al punto que ya no podía mantener las piernas derechas y erguidas, sus rodillas se doblaron a sus lados, completamente abiertas mientras Matías lamía su raja.

La fragancia femenina permeaba la sala, y viendo el acto íntimo entre ellos dos, yo quería participar también; así que me arrodillé al lado de él y le di a entender que yo también quería comer.

La piel de sus labios rosados era suave y tersa contra mi lengua, su olor era familiar y diferente al mismo tiempo. Mi lengua se arremolinó sobre su clítoris y cuando sus gemidos escalaron y exclamó

–Ay Dios, sí, qué rico, chúpamela así

Me entregué de lleno a comerle el coño a mi mejor amiga. Rosaura sacudía las caderas, restregándose contra mi lengua, masturbándose con mi cara.

Matías se arrodilló detrás de mí y me lo clavó por detrás, enterrando su verga en mi canal mientras no paraba de lamerle el coño a Rosaura.

–¡Qué ricas están las dos! No se cuanto podré aguantar en este coño caliente y apretado viendo como se la chupas tan golosita a tu amiga –dijo Matías, su pelvis chocando contra mis nalgas con cada una de sus embestidas.

–¡Así! ¡Así! ¡No pares Karla, no pares!

Rosaura jadeaba desesperada, y entonces sentí como su coño se contraía por los espasmos del orgasmo, a la vez que manaba más de su crema. Me llene la boca de su nata, y no paré hasta que exclamó –¡No más! ¡Ya no puedo más!

Se sentó en el sofá, y tomó mi rostro entre sus manos. Nuestros labios se encontraron y compartimos nuestro primer beso en la boca, nuestras lenguas entrelazadas a la vez que mis senos se mecían de adelante hacia atrás, Matías cogiéndome en cuatro.

Su verga me llenaba toda, mi canal estirándose alrededor de su grosor. Entraba y salía con fuerza, entonces sentí la mano delicada y femenina de mi amiga, sus dedos me acariciaban hasta que dio con mi clítoris, sus dedos se movían sobre mi pepita de la mejor manera, una nueva ola de gozo desesperado se apoderó de mis sentidos, mis nalgas chocaban contra Matías, mi coño engullendo su verga hasta lo más profundo de mi canal.

Rosaura estaba arrodillada al lado de nosotros, una mano apretaba a su vez cada una de mis tetas pesadas y bamboleantes; su otra mano resbalaba sobre el inicio de mi raja, frotando mi clítoris mientras Matías me empalaba una y otra vez con su verga.

–Estás cerca, lo puedo ver –dijo mi mejor amiga sin aminorar el paso de sus caricias–. ¿Cómo se siente?

–¡Divino! –jadeé consumida por el placer que crecía en mi interior–. ¡Se siente divino! –entonces sentí como el clímax se derramó desde mi centro, mi canal pulsando alrededor de la verga dura que me llenaba, mi clítoris enviando aquella deliciosa descarga que consumió todos mis sentidos.

Rosaura volvió a tomar mi rostro entre sus manos y me besó, luego se chupó los dedos con los que me había masturbado momentos atrás frente a mi cara, me besó otra vez, sabía a mí, era un acto perverso y provocador.

–¡Eres una pasada! –le dije con una sonrisa.

–Tú lo sabes –respondió coqueta– ¡y sabes que te encanta!

Me mordí el labio y la miré con hambre– Definitivamente sí.

El repartidor de pizzas no perdía ritmo ni ánimo, se salió de mi cuerpo para ahora embestir a mi mejor amiga, quien se acostó de espaldas sobre la alfombra y abrió las piernas, ansiosa de que la llenaran también.

Matías se enterró en su coño estrecho, los labios de mi amiga estirándose obscenamente alrededor de su verga. Ella cerró los ojos y gimió, la sensación de llenura en su canal obviamente deliciosa.

Para no quedarme solo observando, decidí tomar un poco de iniciativa y me monté sobre mi amiga mientras el repartidor de pizzas la penetraba lentamente. Nuestras tetas se aplastaron entre ellas en aquella posición, la suavidad de su cuerpo bajo el mío era intoxicante, y los ojos de Matías se deleitaban con la escena al ver como su verga entraba y salía del coño de mi mejor amiga mientras manoseaba mis nalgas y jugaba con mis pliegos mojados.

Me tragaba los gemidos excitados de Rosa, nos besábamos con deseo mientras Matías la cogía. Antes de que ella fuese a acabar, la desmonté y me enfoqué en chuparle las tetas. Su carne suave y redonda se sometía a mi tacto, mis manos la agarraban, apretándolas con ganas mientras provocaba sus pezones con la punta de mi lengua. El sonido rítmico de sus nalgas chocando contra los muslos de Matías junto con los gemidos de ella y el repartidor de pizzas me dejaban saber que estaba disfrutando.

—¡Frótasela! —dijo él— ayúdala a acabar.

Hice exactamente eso. Mi mano se acercó al triángulo de su sexo y froté su pepita resbaladiza mientras su miembro duro entraba y salía cada vez más rápido. Rosa se contoneaba de gozo, sacudiendo las caderas, sus piernas abrazando a Matías mientras el orgasmo arrasaba con ella.

Las dos estábamos más que satisfechas y era momento de dedicarle al hombre que había sido la pieza que faltaba para que Rosaura y yo llegáramos a este punto en nuestra amistad.

—Dinos qué quieres —dijo mi mejor amiga reincorporándose.

El repartidor de pizzas nos miró a las dos con lujuria y se puso de pie, su verga hinchada y surcada de venas aún tiesa.

—Habían dicho algo de una mamada doble, si mal no recuerdo…

Tras la experiencia orgásmica y decadente con este hombre, podía pedirme lo que sea y lo haría con gusto.

Las dos nos arrodillamos ante su erección y comenzamos a lamer su tronco simultáneamente, entonces yo rodeé la cabeza rosada de su miembro entre mis labios mientras mi mejor amiga se inclinó un poco más abajo y chupó sus bolas.

Matías suspiraba con gusto y no dejaba de ver como nos compartíamos su verga. Se lo mamábamos por turnos y luego interrumpíamos para besarnos; era evidente que le excitaba vernos juntas porque con voz ronca pedía— Agárrale las tetas.

Nos divertíamos besándonos y explorándonos mientras le hacíamos la mejor mamada de su vida al repartidor de pizzas.

Cuando lo tenía entrando y saliendo de mi boca, entonces sentí como su miembro engordó, hinchándose un poco más. Estaba listo para estallar. Rosa estaba otra vez dedicada a lamer su saco y yo me aboqué a mamárselo con todo, su longitud entrando y saliendo de mi boca, tocando hasta el fondo de mi garganta.

–¡Voy a acabar! –dijo instantes antes de que un chorro de semen cálido y salado aterrizó sobre mi lengua, disparó otro chorro dentro de mi boca antes de sacarlo y apuntar a la cara de mi mejor amiga, marcándola con una cinta blanca de su leche viscosa antes de que ella engullera su corona y se tragó el resto de su semilla.

La sala olía a puro sexo, los tres estábamos exhaustos y satisfechos. Me di cuenta que tenía hambre, así que me giré y le dije al atractivo repartidor de pizzas.

–¿Quieres quedarte para cenar?

–Me encantaría –respondió.

La primera en ponerse de pie fue Rosaura, y se fue andando desnuda a la cocina.

FIN

El Cliente
Quiere Leche
Un Relato de Lactancia Erótica
Devóra - Mela

El Cliente Quiere Leche

Un Relato de Lactancia Erótica

Si no me movía ahora, llegaría tarde a la conferencia que teníamos programada esta tarde. ¡Esto era justo lo que necesitaba! Debí sacarme la leche durante la hora de almuerzo, pero lo postergué quedándome en mi escritorio puliendo detalles de la presentación que realmente estaban perfectos. Mi perfeccionismo me estaba costando la comodidad en mi propia piel. Sentía que mis senos pesaban más que dos ladrillos.

Mi precioso bebé había nacido hace 6 meses, y tenía la buena suerte de que mi madre podía dedicarse a cuidarlo mientras yo trabajaba como Investigadora de Mercados. Llevaba más de un mes trabajando para perfeccionar la presentación que le haríamos hoy a Víctor Castillo, el director ejecutivo de la mayor cadena de supermercados del país. Si conseguía este contrato para la empresa sería lo mejor de mi carrera profesional.

Me aseguré que mi ropa estaba impecable, agarré mi bolso con la memoria USB que contenía mi presentación y me dirigí a la sala de conferencias.

Cuando todos estaban presentes empecé. Carlos, uno de los miembros del equipo creativo se encargaba de que cada parte de la presentación aparecía acorde a lo que estaba diciendo. A mi izquierda estaban tres de los hombres más importantes de la empresa, el Director General, El Director de Mercadeo y el Director de Cuentas. A mi derecha estaba Víctor Castillo, el potencial cliente.

Había expuesto la mayor parte de la estrategia que proponíamos para el cliente, ya estaba cerrando con las conclusiones, me sentía triunfante.

–Necesitamos alcanzar a la clientela más joven –logré decir entre dientes cuando un dolor agudo atravesó mi pecho.

–La cadena SuperMás necesita reformar su apariencia para resultarle atractivo a personas de 18 a 35 años –exhalé y cerré los ojos adolorida.

–¿Se encuentra bien Marian? –preguntó el Director de Mercadeo con el ceño fruncido.

Sonrío amablemente a los hombres a mi alrededor.

–¿Por dónde iba? ¡Ah! Cierto, para que la cadena de SuperMás pueda apelar a este grupo, es importante que enseñen la preparación de la comida; la salud alimentaria es el enfoque hoy en día –digo y repentinamente dos botones de mi blusa se sueltan.

Una media sonrisa alza la comisura de los labios de Víctor mientras que el resto de los miembros de la empresa me miran horrorizados.

Hago la declaración de cierre y para mi mala suerte, otro botón sucumbe a la inevitable hinchazón de mis pechos. En ese momento, ya parte de mi sostén blanco es visible por la abertura inesperada de mi blusa.

Me cruzo los brazos sobre el pecho, tratando de disimular el fallo de mi ropa; sin embargo, no creo que puedo disimular el rubor de mi rostro ante tan vergonzosa situación.

Víctor tiene una sonrisa de oreja a oreja y se levanta de su asiento. Después de mirarme de arriba abajo se dirige al Director General– ya veo lo que intentas hacer Miguel.

El hombre simplemente rueda los ojos y responde– no tengo idea a qué te refieres.

–Realmente se han esforzado –dice Víctor, sus ojos sobre mí nuevamente.

El Director General ríe nervioso, y yo sigo allí, parada cual estatua con los brazos cruzados sobre mi pecho, deseando que el suelo se abra bajo mis pies, porque el dolor imposible de ignorar en mis senos se ha expandido hasta el punto de necesitar alivio, lo cual provocó una fuga de leche de mis pezones, que en esos instantes estaban humedeciendo la tela de mi sostén y mi blusa.

Víctor me observa con sus ojos oscuros y dice– ¿Puedo conversar en privado con… ? ¿Cómo es que es tu nombre?

Abro la boca para responder pero el Director de Mercadeo

habla por mí– Marian, su nombre es Marian.

–Exacto… Marian.

El Director General me mira y se encoge de hombros, le hace señas al resto para salir de la sala de conferencias, dejándome a solas con Víctor.

En pocos pasos está parado frente a mí.

–Lamento lo ocurrido –digo apenada.

–Son cosas que pasan –dice y siento que me está desnudando con la mirada–. Tú seguramente entras en el nuevo demográfico que tu estrategia de mercadeo sugiere que adopte mi empresa ¿o no?

–Supongo que sí, soy una madre trabajadora, joven, soltera; siempre estoy interesada en alimentos saludables y fáciles de preparar.

–¿Así que tú pudieras llevar esta cuenta y trabajarías conmigo lado a lado para implementar y asegurar que la nueva estrategia de mercadeo sea eficaz?

–Pues… sí. Si decide firmar con nosotros, la empresa le facilitará el personal necesario para llevar su cuenta –respondí esperanzada de que este poderoso hombre eligiera nuestra empresa de publicidad.

–Pero no quiero que coloquen a cualquiera, quiero que la

ejecutiva a cargo de la cuenta seas tú– dijo mirándome con intensidad a la vez que sus manos sujetaban mi cintura y me halaban hacia él.

Mi corazón se saltó un latido, no entendía lo que estaba pasando. Hacía demasiado tiempo que un hombre me encontraba atractiva; pero aparentemente el señor Castillo pensaba lo contrario.

Moví los brazos y apoyé las palmas sobre su pecho, el cual se sentía provocadoramente tallado bajo su camisa y chaqueta.

–E… esto es poco profesional Señor Castillo.

–Llámame Víctor.

–Está bien, Víctor. No, no deberíamos hacer esto.

–¿Por qué no? Me parece que te vendría bien un poco de alivio; te notas un poco… sobrecargada –dijo mirando mi pecho.

Seguí su mirada y solté un gemido avergonzado. Había dejado de cubrirme, por lo que las manchas húmedas sobre mi blusa eran completamente obvias. Intenté taparme nuevamente, pero Víctor fue más rápido que yo y sus grandes manos sujetaron mis muñecas.

Antes de poder cavilar más sobre la vergüenza que estaba sintiendo, Víctor estrelló su boca contra la mía en un beso voraz. Tardé un segundo en reaccionar, pero mi cuerpo estaba más alerta que mi mente, porque le estaba respondiendo aquel beso con la misma intensidad, a la vez que sentía como mi piel se estremecía por completo.

Soltó mis manos y empezó a desabotonar mi blusa. Contempló mis tetas hinchadas que amenazaban con salirse de mi sostén antes de girarme y sentarme sobre la mesa de conferencias. La tela estaba empapada y semitransparente por la leche que se derramaba de mis senos llenos; deslizó los tirantes por mis hombros y bajó la copa, mis pezones oscuros quedaron expuestos al aire frío de la sala. Un delgado hilo de leche deslizaba desde cada uno de mis pezones, dibujando un sendero blanco por la curva de mis tetas.

—Hermosa —dijo en un jadeo antes de estrujarlas juntas, acto que arrancó un involuntario —¡Ay! —de mis labios.

Al oír mi quejido dejó de apretarlas con tanta intensidad—. Perdona Marian, tendré más cuidado —y sin darme tiempo de responder, inclinó la cabeza y pasó la lengua por la punta de mi pezón. Lamía una y otra vez, delicadamente bebiendo la leche que goteaba de un pezón y luego al otro. Cada vez que sentía su lengua lamer uno de mis pezones, era como si una carga eléctrica estaba creciendo en intensidad en mi centro. Cuando envolvió mi pezón con sus labios y chupó, sentí como si pudiera acabar allí mismo en ese momento. Nunca antes me había sentido tan excitada, ya no podía pensar, solo quería sentir su perversa boca chupando mis tetas, bebiendo mi leche.

—Mmmm, deliciosa —murmura contra mi pecho cuando sus

labios se dirigen a mi otra teta. Succiona y siento como el chorro de leche baña el interior de su boca, chupa y chupa, vaciando mis pechos, dejándolos suaves y maleables cuando antes se sentían duros y adoloridos.

Estoy tan excitada que estoy dispuesta a hacer cualquier cosa que este hombre me pida, así que cuando empieza a quitarme los pantalones, lo ayudo para desnudarme más rápido.

Estoy nublada de deseo, ignorando el hecho que mis jefes y el resto de mis colegas están afuera de la sala; me estoy dejando seducir por Víctor, un potencial cliente, estoy dejando que este hombre desconocido haga conmigo lo que le dé la gana porque sus apetitos atrevidos me han dejado como una gata en celo.

Solamente llevo los tacones puestos, estoy completamente desnuda sobre la mesa de conferencias y le abro las piernas. Él no pierde el tiempo y en segundos saca su erección, posiciona su verga dura e hinchada ante mi abertura mojada y me penetra completamente. Su grosor se siente divino dentro de mí, me hace sentir más femenina que nunca mientras me coge sobre la mesa y vuelve a chupar mis tetas.

Su longitud entra y sale de mi canal, su asta recubierta con mi crema. Mientras su boca se bebe la leche de una de mis tetas, su mano se dedica a pellizcar mi otro pezón, ordeñándome, sacando un hilo del dulce líquido blanquecino que bebe con gula.

El sonido de nuestros cuerpos chocando mientras me coge tiene un ritmo erótico y perverso que solo logra excitarme más. Agarro su cabeza y la estrujo contra la teta que está chupando– No pares, no pares– gimo consumida de placer –chúpatelas así, bébete toda la leche de mami.

Lo siento gruñir complacido y succiona más duro, arrancando un grito de mi garganta. Ya no me importa si me escuchan allá fuera, solo quiero sentir la verga dura de Víctor clavándose una y otra vez entre mis piernas y su boca chupando mis tetas, bebiendo la cremosa leche que mana de ellas y llena su boca con su dulce sabor.

Entonces siento la ausencia de su boca, quiero quejarme pero su boca sobre la mía calla lo que iba a decir. El sabor de mi leche impregna su aliento, incrementando aún más esta desesperada y morbosa excitación que me consume.

Sus manos manosean y masajean mis tetas, ahora suaves aunque no vacías. Rompe el beso y me mira ante él, completamente abierta y a su merced, su verga hinchada entrando y saliendo de mi coño hambriento. Aprieta mis tetas y el líquido blanco se chorrea de mis pezones, hilos de leche pintando mi abdomen, alcanzando el triángulo de mi sexo.

Estoy tan cerca que puedo sentir el orgasmo amenazando con estallar en mi interior; no aguanto más y llevo una mano entre mis piernas, comienza a frotar mi pepita hinchada, mi clítoris está lubricado con mi leche y los jugos de mi coño, mis dedos resbalan sobre aquella perlita y me froto más rápido y más duro. No puedo más, el orgasmo me consume por completo, abro la boca en un grito mudo de placer mientras el clímax pulsa por mi cuerpo, latiendo desde mi clítoris y provocando que mi tetas expulsen chorros de leche como una fuente.

Ondulo las caderas poseída por el gozo que este hombre me está haciendo sentir, mi coño abraza su miembro hinchado, chupándolo, buscando ordeñarlo como él hizo conmigo. Creo erradamente que él también está a punto de acabar, pero no es así. Cuando mi cuerpo para de convulsionar, se sale de mí solo para darme la vuelta, ahora colocándome de espaldas a él. Gimo excitada cuando siento la sonora palmada que da sobre mi trasero, a pesar de haber tenido el orgasmo más intenso de mi vida y que mis piernas están temblando, aún me tiene absolutamente excitada.

Resuello cuando lo siento empalarme por detrás, llenando mi canal con su verga. Lo que había empezado con cierta delicadeza y suavidad, ahora es remplazado por puro instinto carnal. Echo el culo para atrás, mis nalgas rebotando sobre su abdomen a medida que me coge. Sus manos se aventuran por mi cintura y alzan mi pecho de la mesa, nuevamente el enfoque de sus dedos en tocar, apretar y pellizcar mis tetas.

Frente a nosotros está la pantalla oscura de un televisor en la sala, el cual sirve perfecto de espejo, veo la cara de gozo salvaje en el rostro de Víctor mientras me coge, su verga entrando y saliendo una y otra vez de mi coño resbaloso. Mi rostro lleva la misma expresión de deseo sensual, me siento la mujer más divina del mundo con este hombre metiéndomelo todo a la vez que ordeña mis tetas, ya dejando pequeños charcos de leche bajo mi pecho.

La manera en que pellizca mis pezones es como si estuviera tocándome directamente entre las piernas, no puedo creer que este hombre me esté llevando a la cima otra vez, un gemido estrangulado sale de mi garganta al sentir como otro orgasmo estalla desde mi centro y recorre mi piel como un incendio descontrolado. Mi cuerpo pulsa con cada contracción del clímax, aún queda leche en mis tetas y veo maravillada como los últimos hilos de leche salen disparados de mis pezones.

Estoy exhausta del placer, apoyo mi torso sobre la mesa, todos mis músculos temblando, pero Víctor aún no ha acabado. Me empala unas veces más, clavando su verga firme entre mis piernas antes de salirse.

–Ahora mami, vas a beber toda esta leche que tengo para ti –dice al levantarme y girarme hacia él.

Me pongo de rodillas ante el hombre que mayor placer me ha dado en toda mi vida, deseosa de complacerlo en lo que me pida. Abro los labios y dejo que meta su verga en mi boca, sabe a mí, y eso intensifica mi morbo, mi lengua revolotea alrededor de su glande hinchado y luego siento como su longitud penetra lo más profundo que puede de mi boca. Mis labios se estiran alrededor de su grosor y hago ruidos mojados, chupándolo con gozo mientras se coge mi cara.

Escucho el gemido gutural el momento que su verga se ensancha en mi boca, entonces el primer chorro de su leche aterriza sobre mi lengua. Está consumido por el placer vaciando su semen que impregna mi boca y desliza por mi garganta. Bebo su leche salada con el placer perverso como el suyo cuando bebió mi leche dulce.

Saciados por nuestro licencioso encuentro, tardamos unos diez minutos en arreglarnos, afortunadamente tengo todo lo que necesito en mi bolso para verme decente después de aquella increíble cogida.

–Considera el trato hecho. Espero con ansias seguir trabajando contigo lado a lado– dice Víctor con una sonrisa. Me da un beso y sale de la sala de conferencias.

Me siento, mi cabeza aún dando vueltas por todo lo acontecido esta tarde. Saco otro pañuelo de mi bolso y termino de limpiar la leche que se había derramado sobre la mesa de conferencias cuando se abre la puerta y entra el Director de Mercadeo con una gran sonrisa en la cara.

–¡Excelente trabajo Marian! No sé cómo lo has terminado de convencer, pero Víctor está en el despacho de Miguel, firmará con nosotros, y ha solicitado específicamente que tú seas la encargada de la campaña.

FIN

El Club de las Casadas Infieles 4
(Bianca)
Devóra Mela

El Club de las Casadas Infieles 4

(Bianca)

–¿Adónde vas tan arreglada?

Alcé la ceja incrédula mientras terminaba de pintarme los labios y lo miré por el reflejo en el espejo.

–¿Estás bromeando verdad?

La expresión en su cara me dijo que no tenía idea de lo que estaba hablando.

Me giré y con las manos en las caderas suspiré exasperada.

–¿En serio se te olvidó que esta noche nos invitaron Marina y Daniel a su casa?

–¿Eso era esta noche?

Rodé los ojos, claramente perdiendo la paciencia, se lo había recordado al menos una vez al día toda esta semana.

–Estoy cansado Bianca, pero ve tú y diviértete.

Y sin darme oportunidad para replicar se dio media vuelta

y se fue a la sala.

Me hervía la sangre, ya no recordaba cuándo había sido la última vez que hacíamos una salida divertida juntos. Antes, cada vez que me veía en este ajustado vestido no se resistía a darme una nalgada; ahora apenas me miraba.

Ya teníamos 6 años casados y nuestra relación estaba estancada. Cada vez que le mencionaba el tema de tener hijos, me daba largas, explicaciones de que mejor esperáramos a tener más dinero, o era mejor hacerlo cuando nos compráramos una casa, argumentos que antes me parecían razonables ahora sonaban a excusas. Por ello hace más de un mes había dejado de tomar la píldora, pero para echarle sal a la herida, cada vez que trataba de iniciar algo, me decía que estaba cansado del trabajo, se daba media vuelta y en tres segundos estaba roncando.

Así que esta noche si mi esposo no me iba a acompañar a una reunión con nuestros amigos, al menos iba a divertirme yo con ellos y me iba a dar el gusto de beber cuanto yo quisiera.

Salí a la sala y Ramón estaba instalado en el mueble viendo televisión.

—Las llaves del auto están sobre la mesa —dijo sin despegar la vista del televisor.

—Pedí un Uber, me está esperando afuera.

—¿Y por qué no te llevas el auto? —preguntó finalmente

dignándose a mirarme.

–Porque conducir ebria es un delito.

Esta vez yo no le di la oportunidad de responder, salí de casa dando un portazo.

Mi amiga Marina me abrió la puerta de su apartamento con una gran sonrisa en el rostro, pero al ver mi cara de furia se le borró la expresión de inmediato.

–¿Qué pasó? ¿Y Ramón?

–Está cansado.

–Bueno, es normal, a veces después de trabajar toda la semana lo que uno quiere es estar echado en casa tranquilo –dijo tratando de defenderlo.

–Yo también trabajo toda la semana, encima cocino y limpio la mayor parte del apartamento –repliqué con tono cortante.

–Lo siento –dijo con cara de lástima y me dio un abrazo–. ¿Hay algo que pueda hacer para animarte?

–Quiero alcohol, mucho alcohol.

–¡Una margarita para mi chica favorita! Ven a despejarte que la pasaremos bien esta noche. Ya Jaime y Lupe están aquí.

Iba por mi segunda margarita, pero aún no me sentía feliz. La reunión estaba agradable, pero tenía el ánimo por el suelo. Estaba contemplando qué sería mejor... si divorciarme o ir a un consejero matrimonial cuando Marina anunció a todos los presentes. −¿A que no adivinan a quién encontré en Facebook y que se ha mudado de vuelta a la ciudad?

Nos miramos con curiosidad y entonces entró un hombre alto, cabello negro y corto, una quijada fuerte, llevaba la cabeza en alto y la espalda más recta que una flecha.

−¿Tomás?

Sus ojos café conectaron directamente con los míos, y cuando dijo mi nombre con una sonrisa en la cara sentí que mi corazón se saltó un latido.

−¿Bianca?

La tensión entre los dos era como si la habitación se había cargado de electricidad. Por suerte, Jaime se levantó y le dio un gran abrazo.

−¿Qué pasó Tomás? ¿Son cuántos años ya?

−Más o menos 12 ó 13 años sin vernos −respondió.

−¡Mierda! Nos estamos poniendo viejos −exclamó Jaime, a lo que su esposa Lupe dijo− ¡Viejo tú! Yo no soy vieja... ¡soy *vintage*!

Las mujeres nos reímos con el comentario de Lupe; el corazón se me aceleró cuando vi que Tomás se sentó a mi lado en el sofá. No estaba prestando atención a la conversación, estaba distraída por la sensación de su muslo tocando el mío.

¿Cómo era posible que una década después de no verlo, tan solo tenerlo al lado me provocaba la misma sensación de nudos en el estómago como cuando estábamos en secundaria?

Tomás había sido mi primer novio, mi primer amor, y hubiera sido mi primera vez si yo no hubiese sido tan cobarde y él no se hubiese mudado a otra ciudad con su familia después de graduarnos.

Nuestra ruptura me rompió el corazón, y en el fondo creo que más nunca llegué a sentir con otro hombre lo que sentí por él, ni siquiera con Ramón; aunque no puedo negar que al principio de nuestra relación era muy feliz con mi esposo. Solo que ahora, y desde hace tiempo, no le interesaba, no se esforzaba conmigo como lo hacía antes, y ahora me encontraba en una reunión de amigos, bebiendo más de lo que suelo beber, enojada con mi marido y recordando todas las deliciosas e intensas emociones que viví con mi primer novio de la escuela.

Mi cara debió delatar que estaba sumida en pensamientos importantes porque de repente escucho a Marina preguntar– ¿Bianca? ¿Estás bien?

–¿Ah? ¿Qué? ¡Sí, sí sí! Creo que la margarita se me subió a

la cabeza y estoy un poco acalorada. Voy al balcón a tomar un poco de aire fresco. Ya se me pasa.

Me levanté, y en mi ansiedad se me enganchó el tacón en la alfombra y caí de culo, no sobre el sofá, sino encima de Tomás.

Quería que me tragara la tierra…

Todos se rieron menos Tomás, quien preguntó en voz baja– ¿Te hiciste daño? –mientras Jaime anunciaba– ¡Creo que Bianca no necesita más margaritas!

–Estoy bien –murmuré– solo este tonto tacón se me engachó en la alfombra…

Si antes estaba consciente de su muslo contra el mío, ahora mi piel estaba totalmente atenta de sus manos alrededor de mi cintura, y la sensación de su físico tan poderoso bajo el mío. Cuando me ayudó a ponerme de pie estaba decepcionada, quería quedarme abrazada sobre él.

Hice un sonrisa como una mueca a mis amigos que ya hablaban de otra cosa y me fui al balcón. Respiré hondo, y sentí unas ganas increíbles de llorar cuando escuché la puerta a mis espaldas abrirse. No dijo nada, por lo que llené el silencio balbuceando lo primero que se me vino a la mente.

–Lo siento, no estoy borracha, me tropecé con mis propios pies.

Se encogió de hombros y me sonrió– Ha sido la segunda mejor cosa que me ha pasado esta noche.

Lo miré extrañada, sin entender a qué se refería–. ¿Cómo?

Se acercó tanto que tuve que inclinar la cabeza un poco para mirarlo a la cara, podía oler su colonia. Mi boca se secó, mientras que entre mis piernas estaba hecha un océano.

–Lo mejor de esta noche ha sido encontrarte aquí.

Besó mi mejilla y retrocedió, devolviéndome mi espacio personal, y yo solo quería que volviera a acercarse.

–Lo siento –continuó– yo sé que estás casada, pero verte otra vez después de tanto tiempo… no puedo negar que todos los recuerdos de cuando estábamos en el colegio…

No podía creerlo, él estaba sintiendo lo mismo que yo.

–Mi matrimonio es una mierda –solté sin censura. No estaba borracha, pero evidentemente lo que había bebido había tenido un efecto, porque de haber estado sobria nunca hubiese revelado el estado de mi matrimonio con esas palabras.

Tomás alzó las cejas, sorprendido por mi confesión.

–Ramón debía acompañarme esta noche, pero ya ni recuerdo cuándo fue la última vez que salimos juntos, ¡por

Dios! ¡Ni recuerdo cuándo fue la última vez que me cogió!

Estaba frustrada, dolida, emocionada, excitada, avergonzada, tenía tantas emociones mezcladas en mi interior que realmente no sabía qué sentía exactamente.

En vez de hacer algún comentario como el que había hecho Marina, Tomás cerró la distancia entre los dos, tomó mi cara entre sus manos y me besó con intensidad desenfrenada.

El huracán de emociones que me asediaban instantes atrás se desvanecieron, solamente había espacio para el deseo acumulado que había resurgido al ver a Tomás otra vez después de tantos años.

Sentía hambre de él, y él de mí, nos besamos allí en el balcón, nuestros amigos a pocos metros de nosotros y mi esposo allá en casa, ni enterado de lo que estaba ocurriendo en este momento.

Tomás me sujetaba por la cintura con fuerza, estrechando mi cuerpo contra el suyo; cuando sus manos agarraron mi trasero y presionó mi vientre contra la innegable rigidez de su erección, una voz chillona y terrible interrumpió la conexión. Era mi propia consciencia, recriminándome que estaba besando a otro hombre que no era mi esposo.

—No puedo —dije al separarme—. Lo siento, no puedo hacer esto. Estoy casada, aunque mi matrimonio ya es prácticamente inexistente, no debería hacer esto.

–Es mi culpa –me consoló Tomás– perdí el control y no debí besarte.

Lo miré, desesperada por besarlo otra vez, pero ya la niña correcta en mí había acabado con el momento.

–Debería irme a casa –farfullé.

–¿Viniste en tu auto?

–No. Vine con un Uber.

–Déjame llevarte. No quiero que vayas sola con un desconocido a esta hora.

No le dije que no.

Me despedí de Marina y los demás con la excusa que no me sentía bien, echándole la culpa a los tragos; e ignoré la mirada que me dio mi amiga cuando Tomás dijo que me llevaría a casa.

Se había estacionado a pocas cuadras del edificio donde vivía Marina. Llegamos hasta su auto, él abrió la puerta del pasajero y yo estaba clavada en el sitio al reconocer que era el mismo Mustang que tenía en secundaria.

–¿Aún tienes el Mustang de tu padre?

–Por supuesto. Es un clásico. Me lo regaló cuando me promocionaron a Sargento.

–Así que seguiste tu sueño y fuiste a la academia militar –
le dije sonriendo.

–Si señora.

Rodé los ojos ante su expresión, avancé y tracé el metal
pulido y negro del auto con el dedo. Llegué hasta la puerta
abierta y me senté en el asiento donde tantas veces atrás me
senté cuando me buscaba para ir al cine o al centro
comercial.

–La última vez que estuve en este auto era una señorita –
dije con tono de broma cuando se puso detrás del volante.
Me miró y vi que tenía ganas de decirme algo, pero calló.

La nostalgia que se apoderó de mí se sintió como algo
físico que me sacaba el piso bajo los pies.

¿Cuántas veces me acosté a dormir pensando en el "y si
hubiera…" después de que se fue?

Siempre había sido la niña buena, y ¿qué había conseguido
con eso? Pues en ese instante mandé las consecuencias al
infierno y decidí portarme mal, porque sabía que portarme
mal con él me haría sentir muy, pero muy bien.

Ahora fui yo quien tomó su rostro entre mis manos y lo
besé como me había besado en el balcón, pero ésta vez no
me iba a detener.

–¿Quieres ir al asiento trasero? –le pregunté.

Su mirada y sonrisa fueron mi respuesta.

Cuando éramos novios en secundaria, lo más lejos que llegó nuestra relación física era dejar que Tomás tocara mis senos debajo de la ropa. Esta noche quería darle todo lo que tenía temor de darle años atrás.

Sus manos recorrían mis curvas por encima de mi vestido mientras nuestras lenguas hurgaban en un baile mojado y ansioso, nuestros jadeos ya subiendo la temperatura dentro del auto. Mis manos fueron directamente hasta sus pantalones, deseosa de tocar, ver y sentirlo.

Su verga surgió tiesa entre sus piernas, rodeé su tronco con mi mano y la piel caliente y surcada de venas me tenía vibrando de anticipación.

Gimió rendido cuando lo sobé un par de veces, exprimiendo gotas de líquido preseminal de su glande. Cuando bajé la cara a su regazo y lo envolví completamente con mis labios; me sentí complacida al escuchar el violento resuello de placer que le había provocado inesperadamente al engullir lo más que pude de su verga hinchada en mi boca.

Me agarró por el cabello y me sujetó con firmeza, inclinó la pelvis hacia arriba, penetrando aún más mi cara. Su corona rozaba el fondo de mi garganta mientras movía mis músculos ruidosamente como si tratara de tragarlo.

Me soltó y subí para tomar una bocanada de aire, un hilo de saliva chorreando por la comisura de mi labio.

–¡Dios! Has realizado el sueño mojado que he tenido desde los 16 años.

–Apenas estamos empezando –dije con picardía y volví a chupar su miembro duro con hambre.

Su carne invadía toda mi boca, mis labios se estiraban alrededor de su grosor mientras subía y bajaba la cabeza, saliva chorreando por su asta mientras se lo mamaba como una puta desinhibida.

–Tócame las bolas –murmuró.

Aventuré mi mano desde su muslo hasta hallar la piel sensible de su saco pesado. Acuné sus bolas en la palma de mi mano y las masajeé suavemente mientras se lo mamaba, provocando que sus gemidos de gozo fuesen cada vez más intensos.

–Bianca… espera… voy a...

Lo tenía tan excitado que no pudo ni avisar la llegada de su orgasmo. Sentí el primer chorro de su crema espesa y salada aterrizar sobre mi lengua. No paré, seguí chupándolo, dejando que descargara cinta tras cinta de su leche caliente en mi boca.

Cuando su verga dejó de contraerse, tragué la evidencia de su orgasmo.

–¡Eso fue increíble!

Me mordí el labio complacida por su halago.

–Creo que te la debía por todas esas veces que te dejé con cojonera.

–Valió la pena –murmuró besando mis labios para luego bajar por mi cuello hasta detenerse sobre mi escote.

–Por favor –dijo besando suavemente la curva redonda de mis tetas apretadas en el vestido– no sabes las ganas que tengo de verlas.

Deslicé los tirantes de mis hombros y me bajé la parte de arriba del vestido. Sentí una ráfaga repentina de timidez al exponerme así. El sexo con mi esposo se había vuelto en una rutina mecánica, las pocas veces cuando ocurría ni siquiera me quitaba el camisón de dormir; así que desnudarme de esta manera frente a Tomás, se sintió mil veces más íntimo. Además, habíamos pasado dos años besándonos en secundaria, pero ésta era la primera vez que lo llevábamos más allá.

Tras contemplar mis tetas unos segundos, agarró la carne suave y voluptuosa entre sus manos, juntándolas, apretándolas. Se metió un pezón erguido en la boca, provocándolo con la punta de su lengua, y luego hizo lo mismo con la otra. Mis pezones brillaban en la tenue luz que venía de la calle, lubricadas con su saliva, pellizcó los picos con sus dedos, retorciéndolos y haciéndome cerrar los ojos y suspirar excitada.

Sus labios remplazaron sus dedos nuevamente, ya que sus

manos ahora subían por mis muslos, avanzando debajo de la tela de mi vestido. Sus dedos hallaron la liga de mi tanga y la haló por mis piernas.

Se llevo la pequeña prenda hasta la cara e inhaló con expresión perversa–. Esto me lo voy a quedar –dijo guardándolo en su bolsillo.

Subió la tela de mi vestido hasta la cintura. Estaba apoyada de la puerta del asiento trasero y me sentía como la mujer más osada del mundo. Tomás acercó la cara entre mis piernas e inhaló mi aroma antes de lamer mi raja húmeda.

¡Apenas sentí su lengua explorando mis pliegos pensé que iba acabar en ese instante! Me estaba enloqueciendo, todo lo que hacía se sentía divino. No tengo idea cómo cabíamos en el asiento del auto, pero me tenía tendida sobre el cuero, las tetas al aire y gimiendo mientras lamía y chupaba mi coño con gula.

Penetró mi abertura con dos dedos, metiendo y sacándolos en mi canal mojado.

Estaba tan cerca de acabar, pero no quería terminar así, quería sentir su verga estirándome por dentro y llenándome de leche.

–¡Métemelo! ¡Quiero sentirte adentro! –exclamé desesperada.

Su verga estaba dura otra vez y no vaciló en halarme hacia él por las caderas. Posicionó su miembro ante mi entrada y se enterró hasta el fondo de mi cuerpo en una estocada.

Nuestra primera vez no era un encuentro suave y romántico, estaba ocurriendo años más tarde, era sexo intenso y desesperado; estaba gritando el nombre de otro mientras mi esposo estaba en casa, estaba segura que no tenía idea de que le estaba abriendo las piernas a mi novio de la escuela en el asiento trasero de su Mustang.

El auto se mecía con nuestros movimientos. Tomás me lo metía duro y rápido una y otra vez.

–¡Dámelo! ¡Dámelo todo! ¡Quiero que me llenes toda! – grité.

Estaba tan mojada que su verga deslizaba dentro y fuera de mi cuerpo, cada vez que me lo metía su pelvis se restregaba contra mi clítoris, hasta que el incremento de placer llegó a su límite y el orgasmo estalló desde mi centro.

Mi coño lo abrazaba, chupando su miembro con cada convulsión de mi orgasmo, entonces sentí como disparó su semen, esta vez dentro de mi canal. Eyaculó cinta tras cinta de leche viscosa, bañándome por dentro.

Estábamos sudados, jadeando y con los vidrios empañados. No quería que la noche se terminara; así que le escribí un mensaje a Ramón diciéndole que bebí demasiado y me iba a acostar a dormir en casa de Marina para que se me pasara; luego le escribí a Marina: "Le dije a Ramón que me estoy quedando a dormir en tu casa ;) te cuento luego".

FIN

Sometida
por la Policía
Cuentos Cortos Calientes
de Lesbianas #3
Devóra Mela

Sometida por la Policía

Lesbianas #3

Corina estaba sentada en el banco duro de la celda solitaria donde la agente de policía que la había arrestado la había metido hace más de una hora, con la excusa de interrogarla. La habían despojado de su teléfono, sus llaves, hasta le habían quitado sus tacones, con la ridícula excusa de que podría utilizarlos para lastimar a otra persona o a sí misma.

"¿Qué se creían que eran?" Pensó rabiosa, se levantó de la camilla y comenzó a andar por el limitado espacio de su celda, caminando como una fiera enjaulada. No era como si había cometido un delito; sin embargo, la estaban tratando como una criminal cualquiera.

Había salido de fiesta con algunas amigas, y después de beber de más y bailar en la discoteca, iban caminando rumbo a otro lugar cuando les pareció divertido detenerse sobre la pasarela que cruzaban encima de la avenida y darle una buena vista a los conductores al exponer sus partes íntimas. En su caso, se había desabotonado su blusa blanca con estampados negros para exhibir sus tetas.

Ella y sus amigas se reían a carcajadas mientras los autos que las veían tocaban la corneta o hacían cambios de luces mientras ella y Marisol exhibían sus tetas, a la vez que Carmen se había levantado la falta, mostrando sus nalgas.

Pues parecía que a algún idiota, seguramente una vieja frígida, había llamado a la policía, porque de la nada apareció una oficial, y antes de que terminara de anunciar su llegada la había cogido por el pelo y la puso con la mejilla contra el suelo. Al haberla agarrado primero a ella, Carmen y Marisol corrieron, efectivamente huyendo del segundo agente que las perseguía.

-Esas traidoras cobardes -pensó Corina, se sentiría un poco mejor si no la hubieran dejado sola, pero en vez de quedarse a su lado y apoyarla, se dieron a la fuga, y ahora estaba en la jefatura de la policía, donde la estaban tratando como una criminal, ¡estaba furiosa!

El estruendoso ruido de un portazo la sobresaltó y sacó de sus cavilaciones. Era ella, la oficial que la había puesto contra el suelo y que luego la había metido bruscamente en el asiento trasero de la patrulla.

La agente caminaba con superioridad, mirándola de arriba abajo a través de los barrotes.

-¡Quiero mi llamada telefónica! -dijo Corina altiva, indignada por el trato que le habían dado sumado al estado de embriaguez que aún corría por sus venas.

La agente, una mujer alta y esbelta de cabello negro y ojos oscuros, se acercó a los barrotes, su rostro a centímetros de los de ella y le dijo-. Ves demasiadas películas. No vas a llamar a nadie.

-¿Cómo que no? -replicó Corina iracunda-. No seas ridícula y dame mi llamada. ¡Es mi derecho! ¡Yo no he cometido ningún delito!

-¿Qué no has cometido ningún delito? Necesitas educarte señorita Pérez, porque sí es efectivamente un delito exhibirse en la vía pública y poner a conductores de automóviles en peligro por acciones obscenas.

Corina rodó los ojos como una niña malcriada

-¡Por Dios! Nadie corría ningún peligro. Mis amigas y yo solo nos estábamos divirtiendo. Además, les estábamos dando un buen espectáculo a esa gente, te aseguro que más de la mitad ni ha visto unas tetas tan bonitas como las mías.

La agente Medina desvió su mirada hacia el busto prominente de su prisionera impertinente antes de volver a enfocar sus ojos oscuros sobre los de ella.

-Mira, niñita estúpida, para que lo sepas, ese tipo de actos, sobre todo en vías públicas donde transitan vehículos, sí es peligroso. Porque tus lindas teticas distraen a los conductores y pueden ocasionar un accidente.

A Corina se le enrojecieron las mejillas de rabia al oír a la policía insultarla.

-¡A mí no me llames estúpida! Dame mi llamada telefónica, a esta hora mañana estarás trabajando como una barrendera, no tienes ni idea de quién es mi padre.

-¿Ah no? Yo sí sé quién es tu padre Corina Pérez, y me tomé la molestia de llamarlo e informarle por qué detuve a su preciada hija esta noche.

Las palabras de la agente Medina la dejaron fría.

-Tu papito está cansado de tu comportamiento y me dijo que no vendría a buscarte. A ver si una noche en la cárcel te enderezaba.

Corina se puso pálida, nunca antes se había negado su padre a solucionar cualquier problema en el que se había metido.

Medina vio por un segundo el efecto que sus palabras habían tenido en la atractiva y petulante jovencita. Tendría como 22 o 23 años, hija de un padre poderoso y adinerado. Sin duda le habían dado cualquier cosa que pedía y en su casa jamás se había enfrentado a una mano firme, pues esa noche ella se encargaría de educar a esta mujercita. Un poco de gratitud y humildad no le vendría mal.

Aún estaba pensando en cuál sería la mejor estrategia para disciplinar a Corina cuando ella misma decidió provocar su propio castigo.

-¿No pretendes que pase la noche aquí descalza? ¡Dame mis tacones!

-No. Tu calzado puede resultar como un arma.

-¡Ay que ridícula!

-Son las reglas señorita Pérez, algo que ya es hora de que vayas aprendiendo a respetar. Estás seriamente equivocada si crees que voy a ceder a tus berrinches. Además, ¿quién duerme con los zapatos puestos?

Corina se dio media vuelta, frustrada de que esta policía le estaba negando cualquier cosa que pidiera. Entonces decidió hacer un berrinche que creyó incomodaría a la agente.

Se giró otra vez para encarar a su carcelaria.

-Tienes razón, yo no duermo con los zapatos puestos. Es más, yo duermo sin ropa. -Y procedió a desabotonarse la blusa por segunda vez esa noche.

La agente Medina alzó las cejas, curiosa por ver que pretendía lograr Corina.

-En cambio, tú, pareces que tanto dormida como despierta andas con un palo metido por el culo. ¿Acaso no tienes nadie que te dé una buena cogida? Seguramente por eso eres tan amargada.

Corina dejó caer su blusa al suelo, y en un acto irreverente se acercó a los barrotes de su celda, sus tetas grandes y redondas oscilando con cada paso. Sus pezones erguidos se asomaron a través de las barras mientras alzó las manos por encima de su cabeza, agarrándose a los hierros. Quería incomodar a la agente, y por un momento creyó lograrlo.

Medina desvió la mirada de su pecho descubierto, aparentando estar avergonzada por su desnudez; sin embargo, se acercaba cada vez más a los barrotes que las separaban, mientras decía.

-Señorita Pérez… por favor…

-¿Qué pasa agente Medina? No me digas que te incomodo -dijo con falsa inocencia.

Entonces en un abrir y cerrar de ojos, la agente Medina enganchó sus esposas, apresando sus muñecas alzadas contra los barrotes.

-Para nada señorita Pérez, todo lo contrario. Creo que me voy a sentir muy cómoda contigo esta noche.

Al darse cuenta que estaba esposada contra las barras de su celda, Corina gritó-. Pero ¿¡qué te pasa pedazo de loca!? ¡¿Cómo se te ocurre esposarme así?!

-Te noto muy tensa Corina, parece que quien necesita una buena cogida eres tú- respondió la agente con picardía.

-¡Auxilio! ¡Auxilio! –comenzó a gritar Corina- ¡Abuso policial!

La oficial rodó los ojos, cada vez menos paciente con aquella muchacha malcriada. ¡Qué ganas tenía de disciplinarla!

-¿En serio crees que alguien vendrá por ti? —preguntó la agente con tono superior, acercándose a los barrotes, su rostro a centímetros de la cara de Corina.

Corina trató de ignorar los nervios que se apoderaban de ella, estaba completamente a merced de la policía, y no sabía qué iba a suceder, así que siguió gritando. Entonces sintió los dedos de la agente Medina pellizcar sus pezones a la vez que le susurró cara a cara.

-¡Silencio!

Corina estaba plenamente confundida; se había quitado la blusa y el sostén con el pretexto de incomodar a la policía, usando su desnudez como un arma; pero en vez de lograr su cometido, ahora esa policía perversa estaba usando su cuerpo en contra de ella misma.

La agente Medina estimulaba ambos pezones con sus dedos, sus tetas voluptuosas presionadas contra los barrotes; retorcía sus picos erguidos, bordeando entre placer y dolor. Corina notó como involuntariamente la humedad de su excitación mojaba su tanga. Apretaba las piernas instintivamente, y no pudo contener el gemido que escapó de sus labios cuando aquella policía comenzó a besar su boca, abriéndose paso entre sus labios, sus lenguas entrelazadas sensualmente mientras pellizcaba y manoseaba sus tetas a través de las barras de la celda.

La prisionera sentía la excitación crecer desde su centro, deseaba intensamente que las manos de la agente Medina desabrocharan su pantalón y aplacaran la necesidad de acariciar su clítoris. La besaba con deseo y empezaba a refregar su cuerpo contra las barras de su celda. Soltó un gemido agradecido cuando las manos de la agente bajaron por su cintura e hicieron exactamente lo que tanto quería. Tan solo bajó la cremallera y metió la mano debajo de sus pantalones ajustados y su pequeña tanga. Con el dedo medio palpó su abertura, deslizándolo por su raja, separando sus pliegos y encontrando el torrente mojado de su crema. Apenas rozó su clítoris palpitante al retirar la mano nuevamente; Corina gimoteó, deseosa de que la policía siguiera tocándola.

La agente Medina tomó la llave que abría su celda y entró, se paró detrás de su prisionera y terminó de bajarle los pantalones y la tanga, dejándolos alrededor de sus tobillos.

La piel de Corina estaba completamente erizada, sus movimientos limitados por sus muñecas apresadas por encima de su cabeza. Entonces el cuerpo fuerte de la agente se presionó contra su espalda y sus nalgas desnudas; la tenía en una llave de placer, sentía el cálido aliento de la agente respirar en su oído a la vez que con una mano estimulaba sus tetas mientras que la otra bajó a su centro y empezó a masturbarla, frotando su clítoris con dedos expertos.

Corina ondulaba las caderas, su excitación era obscena y solo quería más y más y más. Asombrada a cómo la situación había cambiado. Minutos atrás sentía desprecio por la agente de policía, y ahora no quería que le quitara las manos de encima.

Medina susurró contra su oído-. Con que así es como te pones mansita.

Ella respondió que sí entre sus gemidos.

-Pero has sido una niña muy mala –continuó Medina- y las niñas malas no son recompensadas… son castigadas –y abruptamente la soltó, interrumpiendo aquel divino camino al éxtasis.

-¡No! –exclamó Corina necesitada- ¡Por favor no pares! Yo me portaré bien, ¡te lo juro!

-Sí que lo harás –aseveró Medina y se agachó para tomar algo de los pantalones de Corina.

Miraba hacia abajo para ver lo que estaba haciendo la policía; estaba sacando el cinturón de cuero negro y su corazón latió acelerado al pensar lo que pretendía hacerle. Comenzó a suplicar-. Me portaré bien, te lo juro que sí, ¡te lo juro!

La agente la miró con expresión incrédula, así que recogió la blusa que Corina había dejado caer al suelo, anudando el centro y estirando las mangas, improvisando una especie de bozal para callarla. Le metió la parte anudada dentro de la boca y la sujetó atando las mangas de la blusa detrás de su cabeza, efectivamente mitigando sus quejidos y promesas falsas. Cuando ella terminara con Corina, seguramente cambiará verdaderamente su conducta irrespetuosa y malcriada.

-Si las niñas malas no son castigadas… no dejarán de portarse mal –le dijo la agente.

Había doblado el cinturón y lo dejó caer sobre sus nalgas desnudas con suficiente fuerza que la prisionera se sobresaltó al sentir el escozor del correazo que le había dado.

Medina no podía evitar apreciar las curvas de aquella chica impertinente, estaba disfrutando demasiado el poder disciplinarla; era increíblemente reactiva. Tan solo con acariciar sus tetas ya se había hecho un mar entre las piernas, y ahora con los castigos igual, se removía buscando huir de sus flagelos, que no eran particularmente duros, no le dejaría ninguna marca permanente, pero si tenía la piel sonrosada. Se sentía como una gata jugando con su presa y sentía sus propios pezones prensados bajo su uniforme al imaginar a Corina de rodillas comiéndole el coño.

Pero primero lo primero, quería terminar de darle una buena paliza a esas nalgas; pero la mujer no se quedaba quieta.

No había problema, la policía perversa ya sabía qué debía hacer.

-Tú sabes que te has portado muy mal Corina –le dijo en tono firme.

La chica frunció el ceño y la miró implorante.

-Todos nuestros actos tienen consecuencias –continuó Medina, en un tono un poco menos severo-. Y sabes que si cumples tu castigo, entonces yo te voy a recompensar.

Corina abrió los ojos esperanzada con la última frase y asintió con ahínco, expresando que entendía lo que le quería decir la agente Medina.

La policía entonces agarró lo que parecía un pequeño rolo de su cinturón. Era más pequeño y delgado que los que normalmente se veían colgando de los cinturones policiales. De un bolsillo sacó un paquete cuadrado. Corina se esforzaba por ver qué hacía la agente por encima de su hombro, y cuando vio que Medina estaba colocando un condón sobre el pequeño rolo sintió un conflicto interior entre emoción y ansiedad.

-No sé qué tanto te guste un palo por el culo, como has expresado antes, pero creo que te gustará cuando te meta este palo por el coño –susurró la agente contra su oído a la vez que deslizaba el rolo entre sus pliegos, untándolos con su propia nata.

Con aquella asta de goma dura bien lubricada, Medina lo posicionó ante su entrada y lentamente penetró su raja con ese rolo tan particular. Lo movía de adentro hacia fuera, el condón que lo cubría ostentaba los trazos blancos de su crema.

Corina separó las piernas lo más que pudo, limitada por los pantalones que estaban alrededor de sus tobillos. Arqueó la espalda y sacó el culo, meneándose excitada mientras la policía la follaba con el rolo, acariciando su punto G cada vez que se lo metía y frotando su clítoris con dos dedos untados en sus jugos.

Aplastaba sus tetas contra los barrotes y se agarraba con fuerza de las esposas que apresaban sus muñecas. Gemía contra la prenda que ahogaba los gemidos de su boca. Nunca antes había estado tan excitada, y ¡con una mujer además! La máxima experiencia lésbica que había llegado a tener era besarse con una amiga y tocarse las tetas, pero nada más allá de eso.

Ahora estaba siendo sometida de la manera más pecaminosa y obscena por una oficial de la policía, y solo corría un pensamiento por su mente, ¡quería más!

Sentía el orgasmo creciendo en su interior, pero antes de poder liberarlo, la agente Medina dejó de tocarla y cogerla con el rolo, simplemente lo dejó allí, enterrado en su coño, la pequeña asa negra asomándose de su abertura.

-Ahora te voy a terminar de dar tus correazos –le informó la agente-. Solo te voy a dar 15 veces, pero si te mueves o si dejas que se te caiga el palo que te metí en el coño, te voy dar 15 veces más. ¿Entendido?

Corina asintió, nerviosa por el escozor de la correa sobre sus nalgas desnudas. Inhaló profundo y se preparó para el golpe, que igualmente la sorprendió cuando aterrizó sobre su piel. El sonido de la correa azotando sus nalgas hacía eco contra las paredes de concreto. Con cada azote soltaba un gemido ahogado, gotas de sudor mojaban su frente mientras hacía un esfuerzo urgente para sujetar el rolo en su coño para que no se saliera. Lo apretaba con todas sus fuerzas, y la combinación de su esfuerzo, su piel sensibilizada por los correazos y la posición en la que se encontraba, deseaba que su castigo terminara de una vez para que la agente la premiara.

-La próxima vez que te aprese por estar mostrando las tetas en la vía pública, te voy a dar los correazos allí –dijo Medina con voz inclemente.

Corina asintió, quería decirle que más nunca lo volvería a hacer, que se portaría bien; pero solo si la oficial la premiaba por portarse bien.

La agente podía ver el deseo de complacerla en sus ojos, no había nada más delicioso que disciplinar a una mujer mal portada y someterla hasta que quedaba mansita y complaciente.

Ya le había dado su castigo, así que era el momento de ver si quería portarse bien y ganarse su premio…

Le desanudó la mordaza improvisada.

-Voy a portarme bien Agente Medina –aseguró-. De veras que sí.

-¿Ah sí? Eso me suena a que lo que tú quieres es ser recompensada –dijo la policía, trazando su columna vertebral con un dedo, dejándole la piel erizada.

-¡Sí! ¡Quiero mi recompensa! –suplicó, deseosa de que la policía volviera a tocarla de aquella manera que ya en dos ocasiones le había negado el orgasmo.

-Contigo todo es quiero, quiero, quiero –respondió Medina con tono de reprimenda-. Para recibir, primero tienes que dar. Y cuando quieres que te dé algo, me tienes que pedir *'por favor oficial'*.

Le soltó las muñecas de los barrotes, pero antes de que Corina siquiera podía pensar en moverse, la agente le bajó los brazos y la esposó con las muñecas a su espalda. Sus manos juntadas estaban justo por encima de su culo sonrosado por los correazos que le había dado de castigo. La policía entonces procedió a quitarse su cinturón policial, el cual colgó de las barras de la celda, lejos y fuera del alcance de su prisionera. Continuó desvistiéndose con eficiencia ordenada frente a los ojos de Corina, que se había girado y la miraba embelesada, admirando la figura esbelta y fuerte de la agente.

-Si tú quieres que yo te dé… tienes que ganártelo –le afirmó la policía perversa que ahora estaba completamente desnuda en la celda, sentada sobre la camilla con las piernas abiertas, exponiendo su sexo.

Corina supo instintivamente que tenía que doblegarse y demostrar su sumisión. Esta mujer la había sometido y ella lo único que quería era complacerla y ganarse su aprobación. Con las manos esposadas detrás de la espalda, se terminó de sacar los pantalones y la tanga que amarraban sus tobillos, con cuidado que el rolo que la llenaba no saliera de su hendidura; luego se arrodilló y avanzó de rodillas hasta su sensual carcelaria.

La fragancia femenina de su sexo asaltó su olfato, y cuando inclinó la cara entre sus piernas, sacó la lengua tentativa y lamió su raja, saboreando por primera vez la crema agria de otra mujer.

Le daba lamidas pequeñas y delicadas, hasta que sintió la mano de la agente agarrarla con fuerza por el pelo y restregar su cara contra su sexo.

-Yo sé que no eres tímida Corina. Anda, ¡demuéstrame qué es lo que quieres!

Allí la tenía sometida la policía perversa, la niña rica de la ciudad estaba de rodillas, con un rolo enterrado en el coño, las manos esposadas a su espalda y la cara enterrada entre las piernas abiertas de la agente, lamiendo su sexo, deseosa de que le hiciera lo mismo si lo hacía bien. Dejó que la decadente obscenidad de la situación se apoderara de ella, había perdido el poder, la tenían sometida, y lo estaba disfrutando. Le iba a chupar el coño a la agente Medina como ninguna otra había hecho antes.

Cubrió su sexo con los labios y sacó la lengua, hurgando entre sus rosados pliegos, enterrando su lengua en su raja mojada para luego estimular su pepita hinchada, revoloteando su lengua en su clítoris.

-Mmmmmm –dijo Medina- por primera vez emitiendo un sonido de aprobación. Le acarició un momento el cabello, haciéndole saber que lo estaba haciendo bien antes de seguir empuñando su melena y apretando su cara contra su sexo.

-Así es gatita, chúpate esa crema –continuó, abriendo aún más las piernas, disfrutando como la muchacha impertinente que había apresado esa noche ahora estaba de rodillas ansiosa por complacerla.

Corina la lamía desaforada, era novata pero golosa, y sus ansias de comérsela la excitaban aún más. Medina sentía el cosquilleo que anunciaba que su orgasmo estaba por estallar, con dos manos sujetó a Corina por la cabeza y comenzó a restregarse con más ahínco contra su cara, masturbándose con su rostro y lengua hasta que su cuerpo convulsó de placer, un caudal de su nata agridulce corriendo de su canal mientras acaba sobre la cara de su prisionera.

Cuando ya terminó, separó el rostro de Corina de su sexo, contemplando su rostro cubierto con sus jugos. Lo había hecho bien, así que podía recompensarla.

Se puso de pie y con una medio sonrisa la ayudó a levantarse del suelo. Medina la haló hacia ella, sus tetas estrujándose entre ellas. Deslizó una mano por su vientre hasta alcanzar su sexo palpitante. Corina estaba tan mojada, que su humedad impregnaba la parte interior de sus muslos. La policía tanteó hasta sentir el asa del rolo que seguía enterrado en su coño, lo giró sobre su eje a la vez que lo movía de adentro hacia fuera. Corina sentía que iba a explotar, necesitaba acabar, estaba desesperada, subía y bajaba el culo, haciendo que la policía la cogiera con más intensidad con el rolo que invadía su canal. Si tan solo tocaba su clítoris podría acabar…

Medina la guio hasta la camilla y la acostó de espaldas sobre sus brazos esposados. Corina se contoneaba, gozando como le metía el rolo, sus tetas bamboleándose sobre su pecho y abriendo las piernas lo mas que podía.

-¡Por favor! –suplicaba, consumida de deseo- ¡Por favor!

La policía se apiadó de ella y llevó su lengua experta a su pepita ansiosa. Su lengua bailaba sobre su clítoris hinchado mientras se la cogía con el rolo. El grito de éxtasis cuando acabó reverberó en las paredes, el cuerpo de Corina se contraía con cada ola orgásmica que atravesaba su cuerpo, el clímax más intenso de su vida.

La agente Medina se puso de pie y se volvió a vestir. Corina se incorporó sobre la camilla cuando ya las estelas de placer habían menguado y contemplaba a la policía perversa que ahora le resultaba irresistiblemente atractiva. No quería que se visitera, quería seguir desnuda, quería volver a sentir sus jugos corriendo por su barbilla mientras se la chupaba.

-¿Te vas? –preguntó Corina desilusionada al ver que la agente Medina se había terminado de vestir y caminaba hacia la puerta de la celda.

Entonces la policía perversa le informó- Tengo que terminar un papeleo en mi escritorio, pero quédate aquí tranquilita que más tarde regreso.

La policía la dejó desnuda y esposada, contando los minutos hasta su regreso.

FIN

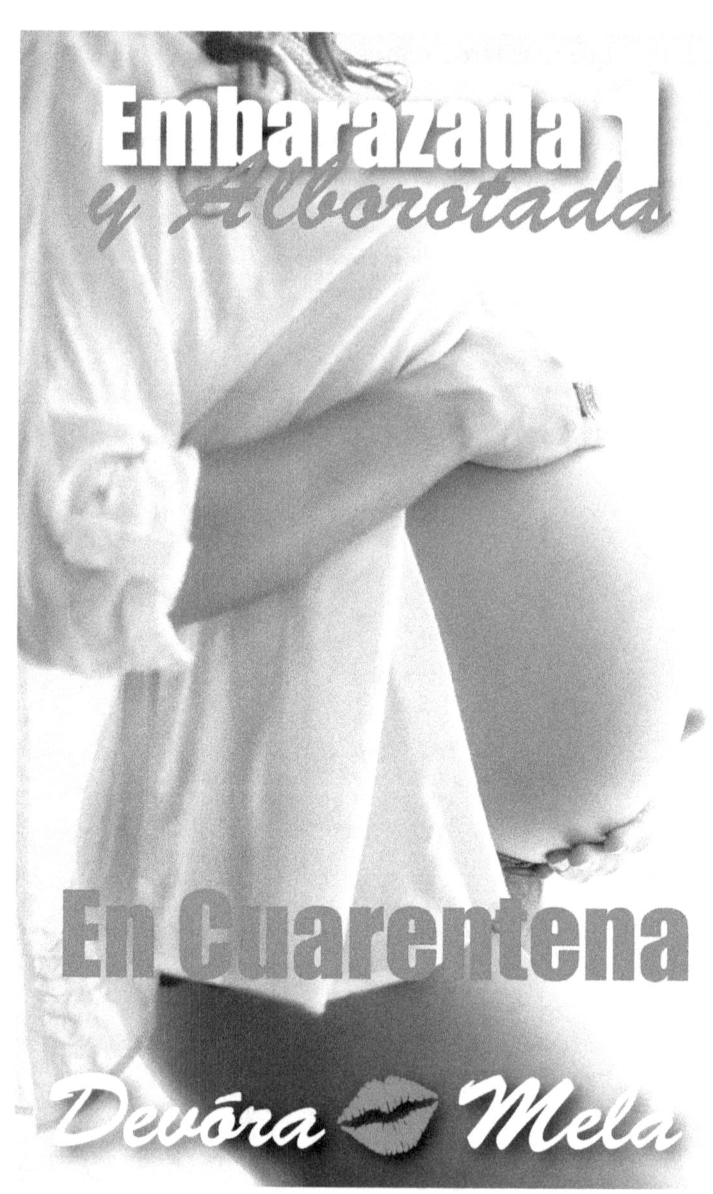

Embarazada
y Alborotada
En Cuarentena
Devóra Mela

En Cuarentena

Embarazada y Alborotada 1

Era el sexto día que estábamos en casa desde que el gobierno había anunciado la cuarentena para reducir el número de contagios del coronavirus. Estoy harta de estar encerrada en nuestro pequeño apartamento, extraño salir a hacer mercado y ver a mis amigas. Lo único bueno de este encierro es que mi esposo Adrián está trabajando desde casa. Desde hace meses que no compartimos tanto juntos. Empezó a meter más y más horas de tiempo extra desde que le dije que estaba embarazada. Siempre decía que lo hacía por nosotros y nuestra nueva familia, no quería que nos faltara nada. Los días que le creía cuando me decía eso, me he sentido la mujer más afortunada del mundo; pero hay otros días, días donde me siento triste, desanimada, fea y hormonal, que pienso que es solo una excusa para no tener que verme y que esta teniendo un amorío con alguna mujer bella y delgada durante todas esas horas que no ha estado en casa.

Aún falta para que nazca nuestro bebé, pero por mi contextura delgada se me ve una barriga tan grande que no logró permanecer más de una hora de pie.

Adrián está terminando de beber una cerveza después de la cena, voy a recoger los platos para lavarlos y nuevamente no me deja.

Desde que estamos confinados a las cuatro paredes de nuestro apartamento, me ha recordado lo tierno y caballeroso que es. Además de pasar horas frente a la computadora cumpliendo con las tareas de su trabajo, no me ha dejado lavar ni un solo plato, no me deja cargar la cesta de ropa sucia, incluso sacó la mesa de planchar y planchó la ropa de bebé que había lavado.

—Gracias mi amor, pero yo puedo lavar eso —le digo observando su espalda mientras empieza a lavar los platos sucios de la cena.

—Y también puedes descansar un poco mientras yo lo hago bella. Necesitas tomarlo con calma Natalia.

Sonreí, contenta que quisiera cuidarme tanto.

Estiré la mano y agarré su lata de cerveza, hacía tanto tiempo que no bebía, pero de vez en cuando le quitaba un sorbo. El sabor amargo y refrescante era delicioso, me permití el lujo de un trago más antes de colocar la lata sobre la mesa de la cocina.

Adrián había terminado y volvió a sentarse frente a mí. Ya ni recuerdo de qué estábamos hablando cuando noté que su mirada no volvía a mi cara. Tenía los ojos clavados sobre mi pecho; entonces noté la sensación mojada de mi camisola para dormir.

Bajé la mirada a mis senos y vi un gran círculo húmedo

alrededor de cada uno de mis pezones oscuros que se transparentaban claramente a través de la tela pálida y empapada.

Sentí una oleada de vergüenza, parecía que con el embarazo mi cuerpo se divertía en traicionarme con algo nuevo cada semana.

Agarré una servilleta y empecé a tratar de secar mi camisola en vano a la vez que tartamudeaba disculpas a mi esposo.

–Para Nati, no pasa nada, no tienes que hacer eso –dijo tratando de reconfortarme.

No pude evitarlo, el estrés del encierro, las noticias sobre la cuarentena, las hormonas disparadas... las lágrimas empezaron a rodar involuntarias por mis mejillas.

–Lo siento –decía sin mirarlo– esto es tan vergonzoso.

–No lo es –dijo con voz ronca, se levantó de su asiento, rodeó la mesa hasta llegar a mí y se arrodilló en el suelo, deteniendo mi mano con la suya–. Es algo natural por lo que está pasando tu cuerpo.

Con la otra mano me limpié la cara.

–Me siento totalmente fuera de mí –dije.

–A mí me parece que estás más hermosa que nunca.

Mi sonrisa era más bien una mueca de incredulidad.

—Sí, claro.

—A ti esto te parece vergonzoso… pero si te soy sincero… me excita un montón.

—¿Qué?

—¿Es tan raro eso? Que cada vez que te miro me provoca hacerte el amor.

—Si te sientes así ¿por qué no lo has hecho?

—No quiero molestarte o incomodarte… —respondió Adrián encogiéndose de hombros y noté su reticencia.

Los primeros tres meses tenía tantas náuseas que no podía hacer nada, y para el segundo trimestre él ya se quedaba hasta tarde trabajando, muchas veces yo ya estaba dormida cuando llegaba a casa; pero ahora que estábamos juntos las 24 horas del día, era como si nos estábamos reencontrado nuevamente.

Yo no solía dar la iniciativa desde que quedé embarazada, y creía que él no lo hacía porque ya no me consideraba atractiva. Jamás se me pasó por la cabeza que hubiera otra razón.

Acaricié su cabello y lo miré, podía ver que me decía la verdad, y la idea de que me deseara, tuvo un efecto instantáneo en mí.

—¿Es raro que quiero que me hagas de todo? Hace tanto tiempo que no estamos juntos. Pensé que era porque ya no te gusto… así por como me veo ahora —dije señalando mi cuerpo curvo y cambiado con las manos.

Sus ojos brillaron al reconocer que yo también lo deseaba, y que mi pausa era por la inseguridad que sentía en mí misma.

Su respuesta me quitó el aliento y aceleró mi corazón, porque lo que hizo fue tomar mi rostro entre sus manos y besarme con la intensa pasión que me recordó a los primeros meses que nos conocimos.

—Eres la mujer más hermosa del mundo —me aseguró—. ¿Estás segura que quieres que te haga todo lo que quiera? —murmuró contra mi boca entre besos.

—Lo que quieras. Haz conmigo lo que quieras respondí acelerada.

Su lengua hurgó en mi boca, enredándose con la mía, chupando mis labios. Luego sus labios bajaron a besar mi cuello, mis clavículas, mis hombros. Sus manos subieron como una caricia por mi abdomen hinchado, cada vez que podía ponía sus manos sobre mi barriga. Pero esta vez, escalaron hasta mi pecho, donde se detuvieron sobre mis tetas pesadas, acariciando mis pezones erguidos a través de la tela transparente y mojada de mi camisola, suscitando un gemido excitado de mi garganta.

Sus labios bajaron hasta mi pecho y succionó uno de mis picos encima del material delgado de mi camisola. El calor se acumulaba entre mis piernas, las abrí aún más para que pudiera acercarse lo más posible a mi figura sentada mientras el seguía de rodillas en el suelo de la cocina.

La camisola que llevaba puesta tenía una fila de botones desde el cuello hasta la mitad de mi abdomen; con dedos ansiosos desabrochó cada botón hasta poder apartar la prenda de mi pecho, dejando mis senos grandes y redondos expuestos.

Una gota blanca perlaba la punta de cada pezón oscuro y mi esposo lamió la leche con delicadeza, antes de envolver un pico con sus labios y chupar.

La sensación me erizó de pies a cabeza, sentí la necesidad desesperada de restregarme contra él, pero mi gran barriga no me lo permitía.

Como si estuviera leyendo mis pensamientos, metió las manos bajo la camisola y me quitó la ropa interior. Su mano fue hasta mi sexo descubierto, encontrándome mojada de deseo. Sin titubear, sus dedos comenzaron a frotar mi clítoris mientras chupaba ruidosamente una teta y luego la otra, bebiendo la leche blanca que ya había empezado a manar de ellas.

Lo tenía agarrado por el cabello, presionando su cara contra mis tetas cargadas. Mecía las caderas presa de la excitación que provocaba mi marido con su deseo.

–¡Sí! ¡Sí! ¡Así! –gimoteaba extasiada con lo que me hacía.

–¡Qué divina estás mi amor! –replicó, sus dedos frotando mi sexo–. ¡Quítate esto! –dijo después alzando la camisola– quiero verte desnuda.

Un destello de vergüenza me asaltó momentáneamente, pero él lo hizo desaparecer apenas escuché la confesión morbosa caer de sus labios.

–Me encanta verte así, preñada de mí, quiero hacerte mía una y otra vez.

Sus ganas avivaban las mías, no recuerdo cuándo me había sentido tan excitada. Levanté la camisola por encima de mi cabeza, ahora estaba completamente desnuda ante sus ojos.

Su mirada centelleaba con lujuria, sus manos estrujaron mis senos, masajeaba mis tetas y pellizcaba mis pezones, ordeñando la leche que chorreaban de ellas, deslizando en hilos blancos que pintaban mi vientre redondeado.

Se inclinó ante de mi cuerpo, su boca ocupada en besar y lamer mi barriga hinchada, limpiado la leche derramada con su lengua hasta alcanzar un pezón grande y oscuro, volviendo a beber de la fuente, chupando con apetito perverso de una y luego la otra.

Adrián se regodeaba con mi cuerpo, calentándome cada vez más con su pecaminosos besos y caricias; aún así, él seguía completamente vestido, pero yo ya quería sentir su piel bajo mis manos también.

–¡Quítate la ropa! –jadeé.

Se puso de pie y rápidamente se desvistió, su verga dura e hinchada justo a la altura de mi cara, apuntando hacia mis labios.

Incliné mi rostro para mirar el suyo y le sonreí mientras con ambas manos rodeaba su tronco rígido, sobándolo de adelante hacia atrás, sacando una pequeña gota transparente de líquido pre seminal.

Saqué la lengua y delicadamente lamí la gota salada de su glande. Seguí lamiendo la cabeza de su miembro, recorriendo cada milímetro de su piel sensible con mi lengua hasta que estaba rogando que se lo mamara.

–¡Chúpamelo mi amor! Por favor, ¡métetelo todo en la boca!

Lo complací, engullendo su longitud y llevándolo hasta el fondo de mi garganta, chupando su sexo largo y duro con hambre obsceno.

Sus manos inquietas regresaron a mis pechos, apretándolos, ordeñándolos nuevamente. La leche que salía era menos que antes, pero aún chorreaba el dulce líquido de mis pezones.

Me agarró por las tetas y su pelvis arremetía contra mi cara, su verga entrando y saliendo de mi boca cada vez más rápido, su asta brillante y lubricada con mi saliva.

Estaba lista para recibir su orgasmo en mi boca cuando se retiró.

–Levántate y apóyate de la mesa –me dijo con respiración acelerada.

Le obedecí, y quedé de pie en medio de la cocina, el torso inclinado hacia adelante, mis tetas colgando pesadas al igual que mi barriga hinchada de cuando vacío su semilla en mi meses atrás.

Miré por encima de mi hombro y vi su hábil y atractivo cuerpo masculino volver a arrodillarse en el suelo; enterró su cara entre mis piernas por atrás y apenas sentí su lengua lamiendo mi raja, mis piernas temblaron de placer.

Sus manos me agarraron posesivas por el culo, separando mis nalgas, dejándome completamente expuesta a él, que se dedicaba a chupar y lamer mi sexo con morbo delicioso.

–¡Qué divina estás! –decía contra mi carne–. Estás mojada y dulcita, te la pudiera chupar así toda la noche.

Mi respuesta era un gemido extasiado, me estaba acercando cada vez más al orgasmo.

–Quiero que acabes para mí mi amor, quiero sentir como te hago chorrearte de gozo mientras te la chupo.

Sus palabras fueron el detonante final, sacudía las caderas echando el culo hacia atrás, desesperada por sentir su lengua en lo más profundo de mi intimidad. Mi coño pulsaba con las corrientes eléctricas de mi orgasmo, mientras mi marido bebía goloso la crema de mi raja.

Cuando mis gemidos y sacudidas bajaron de intensidad, Adrián se puso de pie, posicionó su erección ante mi entrada mojada y palpitante y me penetró poco a poco, estirando mi canal con su hombría, arrancando un gemido sorprendido y sobrecargado de mi garganta.

Me sentía tan llena, me estiraba toda, y la presencia de su verga dura en mi interior provocaba destellos descontrolados de placer. No había nada que podía ni quería hacer salvo rendirme a sus pies, era suya, completamente suya.

Sus primeras estocadas eran lentas y pausadas, controlando sus movimientos, siempre cuidándome; pero yo quería más, quería sentirlo todo, llenándome completa, cogiéndome como un hombre salvaje.

Empecé a echar el culo para atrás, rebotando mis nalgas en su pelvis, tragando su verga entera con mi coño hambriento.

Sus manos acariciaban mi panza, el estado en el que me había dejado consumiéndolo de deseo.

Al ver que le marcaba un ritmo mas rápido, sus manos subieron hasta mis tetas, llenándosela las manos con mis pechos que colgaban grandes y pesadas.

Manoseaba mi carne mientras me cogía, enterrándose en

mi cuerpo desde atrás, su verga hinchada entrando y saliendo de mi raja mojada, suscitando correntazos orgásmicos en mi cuerpo mientras él se acercaba cada vez más a su final.

–¡Te voy a llenar toda mi amor! ¡Voy a hacerte mía una y otra vez!

–¡Hazme tuya! ¡Todos los días hazme tuya! –supliqué desesperada y poseída de placer.

–¡Me encanta verte así grandota! ¡Preñada! ¡Eres la mujer más hermosa que existe y eres mía!

–¡Sí mi amor, soy tuya, solo tuya! ¡Llénamela toda! ¡Márcame como tu mujer, hoy y siempre!

Su verga se hinchó en mi canal antes de disparar el primer chorro de semen. Eyaculó cinta tras cinta de su semilla dentro de mí, bañando mi interior con su leche caliente y viscosa.

Cuando finalmente se salió de mi cuerpo, la esencia blanca de nuestros jugos combinados deslizó de mi raja, chorreando por la parte interna de mis muslos.

Enderecé la espalda y me giré hacia mi marido, una sonrisa embriagada en mi rostro.

–Si la vamos a pasar así, creo que podré sobrevivir esta cuarentena.

FIN

Trío Sexual en el Hospital

2 Enfermeras Calientes
atienden a su paciente

Devôra **Mela**

2 Enfermeras Calientes Atienden a su Paciente

Trío Sexual en el Hospital

El paciente que llegó hace unos días se había convertido en el favorito de todas las enfermeras; además de estar buenísimo, era un encanto, y para ser un hombre con dos muñecas rotas, todas estábamos sorprendidas de lo amable y simpático que era.

Resulta que el pobre estaba arreglando las canaletas del techo de su casa y resbaló, extendiendo los brazos para evitar impactar de cara contra el concreto.

Aún estaba en el hospital mientras esperaba que su madre viajara hasta la ciudad para cuidarlo en casa; era soltero y decía que no podía pedirle ese tipo de favor a algún amigo porque todos tenían que trabajar.

Ya faltaba poco para terminar mi jornada, así que para ir a casa con una sonrisa en cara y la imaginación a millón, decidí pasar por la habitación de mi paciente favorito. Cuando lo había visto el día anterior, noté que estaba sintiendo un poco de lástima por sí mismo, así que traje unos bombones con la esperanza de animarlo. Lo encontré recostado sobre su cama mirando la televisión, su cara se transformó con una deslumbrante sonrisa al verme entrar por la puerta.

–Clara, ya pensé que hoy no vería a mi enfermera favorita.

Le sonreí y dije– Le dices esos a todas… ¿acaso crees que no hablamos?

–No puedo evitarlo –y volvió a deslumbrarme con su sonrisa encantadora– ¿qué sería de mí sin ustedes? Primero que nada me moriría de hambre… –hizo énfasis a lo que dijo moviendo un poco sus brazos alzados. Fueron izados sobre la cama para evitar que intentara utilizarlos. Los médicos dijeron que aceleraría la recuperación.

–Supongo que María ya te dio la cena.

–Así es.

–Pues hoy sí seré tu favorita, porque te traje estos antes de irme a casa.

Sus ojos se abrieron al ver la cajita de bombones.

–¡Eres un ángel! ¿Cómo sabes que me encanta el chocolate?

–Ya te lo dije –abrí la caja, tomé uno y lo acerqué a su boca. Sentí mi estómago dar una voltereta cuando sus labios rozaron mis dedos–. Nosotras hablamos… Antonia mencionó ayer que tu único consuelo era el postre de chocolate que te habían traído con la cena.

–Son todas muy atentas, apuesto a que enamoras a más de un paciente.

Hice una mueca–. No, la verdad es que todas te atendemos tanto porque eres uno en un millón, la verdad es que muchos de los pacientes no tienen tus modales – *"ni ese físico"*, pensé.

–Bueno –continuó después de saborear otro bombón– tú ahora sí que eres mi favorita. Más nadie me ha traído chocolates que no sean de la cafetería del hospital.

Sonreí y disfruté la sensación que sus palabras produjeron en mí. Pasaba tantas horas en el trabajo que tenía poca vida social, y coquetear con este hombre atractivo y simpático me subía el ánimo, además de alimentar mi imaginación para cuando llegara a casa a ducharme.

Seguía dándole los bombones, y la energía que electrificaba la habitación al mirarnos estaba a punto de soltar chispas. Entonces, Arturo dejó de tener una expresión satisfecha en la cara, se le notaba incómodo y comenzó a removerse sobre el colchón.

–¿Estás bien? –le pregunté alerta.

–Sí, sí, es que… –dijo, todavía retorciéndose–. Es que tengo una picazón.

–Eso sí que es tortura, y con las manos así… –Me reí–. Si fueras un paciente antipático y odioso te dejaría allí retorciéndote.

–Esto es lo peor –continuó moviendo las piernas bajo la sábana.

–Vamos, dime dónde te pica.

–En mi muslo.

Le quité la sábana, y me paré sobre él. –¿Derecha o izquierda?

—Izquierda –me incliné sobre su cuerpo y comencé a rascar su pierna sobre la tela de algodón de sus pantalones para dormir.

–Eso se siente bien –suspiró–. ¿Puedes hacer eso, pero un un poco más arriba? –con una expresión de alivio a medida que mi mano ascendía por su muslo fuerte y torneado.

–¿Así?– pregunté, mi mano subiendo por su pierna.

–Sí, así –exhaló con los ojos cerrados. –¡Qué bien se siente!

Estaba hipnotizada viendo como el elástico de su pantalón para dormir se ceñía a sus caderas mientras seguía rascándolo suevamente con las uñas, cuando noté como se hinchaba el bulto en su ingle. Por lo visto yo no era la única con pensamientos traviesos en esta situación que había empezado tan inocentemente.

Mi mano subió y subió hasta trazar el contorno de su

miembro. El paciente abrió los ojos y me miró. Dejé mi mano posada sobre su erección y esperé a que me dijera que me detuviera, mi corazón a mil por hora; entonces movió las caderas, presionando su entrepierna contra mi mano.

–Eso se siente aún mejor –su voz baja y ronca de deseo.

Lo acaricié lentamente, mirando su rostro mientras continuaba sobando su rigidez.

–¿Eso se siente bien?– pregunté, apretando su longitud de abajo arriba.

–Se siente tan bien… *enfermera*–, dijo excitado. Ahora estaba retorciéndose de placer sobre la cama–. No he podido... hacer muchas cosas… desde la caída.

–Debe ser difícil –dije, mirando sus brazos inmovilizados–. Tendré que bajarte los pantalones para poder aliviarte mejor, ¿estás de acuerdo?

Mi paciente me miró con pupilas dilatadas, los dos estábamos inesperadamente haciendo realidad una deliciosa fantasía–. Por supuesto que sí. Lo que considere mejor enfermera.

Eché un vistazo a la puerta por encima del hombro, miré las ventanas, comprobando que las persianas estuvieran bien cerradas. Me volví hacia mi paciente y desabroché los botones de la camisa de su pijama, pasé mis manos por su pecho, acariciando sus tetillas erguidas. Por un segundo me pregunté qué demonios estaba haciendo. Cuando conversaba con las otras enfermeras, aquellas con quienes tenía mucha confianza, hablábamos con cuál paciente o cuál médico cogeríamos, antes solo parecía una broma, pero de repente fue muy real.

Ahora enganché los dedos en el elástico de sus pantalones y ropa interior, halando las prendas hacia abajo. Mis latidos se aceleraron cuando vi su verga hinchada y rígida. Sentía mi humedad empapando mi tanga debajo del uniforme, ¿realmente estaba punto de masturbar a un paciente? ¡Sí! ¡Y tenía tantas ganas de hacerlo!

En un movimiento fluido empuñé su grosor, enrollando mis dedos y pulgar alrededor de su tronco. Comencé a masturbarlo, el sonido de sus suaves gemidos me animaron a apretarlo con más fuerza. Ambos estábamos disfrutando este encuentro prohibido, pero necesitaba un poco de lubricación, así que me recosté sobre sus piernas de mi posición sentada a un costado de la cama y bajé la cara hasta su sexo. Los ojos de mi paciente se abrieron aún más al ver lo que iba a hacer, me miraba con anticipación; separé los labios cerca de su longitud prohibida y mi boca lo envolvió. Su glande llegó hasta el fondo de mi garganta a medida que me tragaba su longitud con hambre perverso, cuando mis labios volvieron a la altura de su corona bulbosa, chupé la cabeza sensible y lo engullí otra vez. Mi paciente movía las caderas como podía, penetrando mi boca con su verga hinchada. Mi cabeza subía y bajaba de su regazo, devoraba su verga golosa, chupándolo desinhibida en su habitación del hospital. Mi paciente estaba jadeando, estaba segura que si mantenía ese ritmo estallaría en mi boca, pero entonces oímos el sonido innegable de la puerta abriéndose.

Lo saqué de mi boca y miré a la puerta. Era la jefa de enfermeras, nada más y nada menos que mi supervisora directa.

–¡Raquel!– farfullé. Arturo notó por mi reacción que estábamos en problemas.

Ambos la miramos y ella tenía la boca abierta en asombro al cerrar puerta.

–¡¿Qué diablos está pasando aquí?!

—Puedo explicarlo–, dijo el paciente.

–¿Puedes?– preguntó, poniendo las manos en sus caderas, mirando la verga rígida que surgía entre sus piernas y mis labios hinchados de mamárselo.

Miré al paciente del cuál todas hablábamos y esperé su explicación. Yo tenía tanta curiosidad como la jefa de enfermeras por saber cómo pretendía excusar lo que estábamos haciendo.

–No tengo uso de mis brazos desde mi estúpida caída – comenzó–. Y no puede imaginar como mi mente ha sido estimulada al recibir la atención de tantas enfermeras hermosas y amables. Le pedí a Clara que me aliviara una picazón en la pierna, y sin darnos cuenta una cosa llevó a la otra. Yo soy el culpable de haber provocado esta situación, por favor no la sancione.

Arturo estaba comprometido a defenderme a toda costa.

–Estoy atrapado con dos brazos rotos. No puedo alimentarme solo, no puedo rascarme la nariz, no puedo... masturbarme –dijo como si lo último fuese lo más difícil, su miembro aún rígido. –Le pedí a Clara que me ayudara, y ella es una chica tan buena, que se vio obligada.

El paciente terminó su discurso y el silencio en la habitación era palpable. Raquel miró por encima de su hombro, revisando la puerta y las persianas. Apoyó la ficha de pacientes sobre la mesa y nos miró.

–Continúa–, dijo simplemente, tomando asiento cerca de la cama.

–¿Cómo?– pregunté perpleja.

–Continúa–, dijo de nuevo, agitando una mano. Raquel era la enfermera con más trayectoria en el hospital. Era una mujer admirable, era seria, eficiente, con un aura de autoridad innegable, y muy atractiva. Su uniforme estaba pulcro e impecable, ella vestía uno igual al mío de pantalón blanco que hacía conjunto con una camisa larga que podría pasar de vestido exageradamente corto.

–Enséñame cómo lo has ayudado Clara.

Decir que estaba sorprendida se queda corto, pero el hecho de que mi supervisora quería que continuara mamándoselo a un paciente mientras ella observaba me tenía más caliente que nunca.

–¿Estás segura? –pregunté aún dubitativa.

–Siempre solicitas mi asistencia cuando tienes que aplicar un nuevo procedimiento con un paciente, así que considero que ésta es una situación en la que ambos pueden aprovechar de mi experiencia –afirmó la jefa de enfermeras.

No dude más y volví a rodear su miembro con mis labios, chupando su verga dura que en ningún momento había perdido su rigidez; más bien parecía que estaba más firme que nunca.

Abrí los ojos y miré a mi jefa, ella se levantó de su asiento para mirar más de cerca.

–Lo haces muy bien –dijo apartando mi cabello para que ella y nuestro paciente pudiesen ver mejor como mis labios subían y bajaban por su asta, dejándolo reluciente con mi saliva.

Ahora se dirigió a él– ¿Te sientes mejor?

–¡Muchísimo! ¡Se siente increíble! –respondió mirando a cada una en turno.

–Sigue chupándolo Clara –dijo Raquel desabotonando sus pantalones blancos y deslizándolos por sus piernas. Mi sorpresa incrementó cuando sentí las manos de la jefa de enfermeras hurgar debajo de mi camisa y hacer lo mismo con mis pantalones y zapatos.

–No dejes de mamárselo –indicó mientras me desvestía.

Me giraba y removía para facilitarle la tarea a la otra enfermera, sin dejar de chupar la verga del paciente.

Un estremecimiento eléctrico me recorrió cuando sentí las manos de mi jefa empalmar mi coño y palpar lo mojada que estaba mi tanga.

–Lo estás disfrutando –dijo con tono pícaro–. Por eso eres tan buena enfermera, tienes una maravillosa vocación de servicio.

Su halago me emocionó, eché las nalgas para atrás y chupé con mayor ahínco para hacerle saber que me alegraban sus cumplidos.

Estaba participando en el escenario más prohibido que podría imaginar; y como si las cosas no fueran lo suficientemente locas, ahora estaba mamando la verga de un paciente para el placer de la jefa de enfermeras, y ella realmente parecía estar disfrutándolo.

Empezó a desabrocharse la camisa y desde mi posición inclinada pude contemplar su sostén de encaje rojo estrujando sus grandes tetas, dándole un aspecto sensual y voluptuoso a su escote. Las tetas de Raquel eran mucho más grandes que las mías. Arturo y yo mirábamos fascinados cómo empujó las copas del sostén hacia abajo, revelando sus grandes pechos redondos.

–¡Cuánto quisiera poder tocarlas! –murmuró frustrado con

sus brazos inmovilizados.

–Si quieres pronto te dejaré probarlas –ofreció Raquel–, pero primero, Clara también debe desabotonarse la camisa. Vamos Clara, déjalo un momento.

Inmediatamente seguí sus instrucciones, soltando su verga del abrazo de mi boca para revelar mis senos.

–¡Qué divinas se ven las dos! –exclamó Arturo, contemplando a las dos enfermeras semidesnudas en su habitación.

Ella se puso de pie y dio un paso hacia la cama, sumándose directamente al encuentro empuñó la verga dura de nuestro paciente.

–Ahora chúpale las bolas Clara –ordenó.

Contemplé su saco y acerqué mi boca, primero pasando la lengua por la piel sensible antes de envolver uno con mis labios. Alterné succionando suavemente mientras Raquel masturbaba su longitud. Arturo gimió preso de gozo cuando mi jefa inclinó la cabeza sobre su regazo, chupaba su verga con hambre a la vez que yo estimulaba sus bolas.

Antes de que pudiese estallar de placer, ella dejó de chupárselo, levantó mi cabeza con su mano y me besó con pasión, mordiendo mi labio inferior, traspasando mis labios con su lengua para revolotearse con la mía.

–¿Te gustaría sentarte sobre nuestro paciente? –me

preguntó con una sonrisa traviesa.

La contemplé y luego al atractivo hombre postrado sobre la cama.

–¡Me encantaría! –respondí emocionada.

Raquel asintió y con cautela me monté sobre él, deslizando mi tanga empapada hacia un lado para poder empalarme sobre su miembro que ella sujetaba en su mano, guiándolo hacia mi entrada.

Hundí mis caderas hacia abajo, sentí la cabeza de su verga penetrando mis pliegos, abriéndose paso por mi canal apretado. Pude escuchar a la jefa de enfermeras suspirando mientras observaba, claramente disfrutando de la vista de la longitud del paciente desapareciendo en mi interior. Seguí descendiendo hasta que estuvo completamente adentro. Eché la cabeza hacia atrás y respiré hondo, resoplé cuando sentí las manos femeninas de Raquel estrujar mis tetas descubiertas. Apretaba mi carne y pellizcaba mis pezones erguidos con caricias expertas.

Movía las caderas suavemente, gozando la llenura de sentir su sexo duro invadiendo mi canal. Estaba haciendo un perverso trío en el hospital con un paciente y otra enfermera, y lo estaba disfrutando al máximo. Acerqué mi rostro al de Raquel y recibió mi cercanía con un beso sensual y profundo. Gemí contra su boca, la proximidad del orgasmo escalando en mi interior.

Entonces escuché a Arturo hablar–. Déjame probar tus

tetas, si no las pueda agarrar, al menos quiero chuparlas.

Raquel rompió nuestro beso para montarse al igual que yo sobre el paciente. Sus redondas nalgas quedaron ante la fusión de mis piernas abiertas y el sexo del paciente hundido en mi coño. Pude ver como el hilo de su tanga roja se perdía entre sus nalgas. Aproveché la posición para apretar su carne voluptuosa mientras ella inclinaba sus enormes tetas sobre la cara del paciente, ofreciéndole una, que chupó desesperado, y luego la otra. Ahogaba su rostro entre sus senos una y otra vez mientras yo lo cabalgaba y con un despertar de mayor atrevimiento, llevé una mano del culo de la enfermera hasta su raja. Aparté la tela de su ropa interior y sin pedir permiso hundí un dedo en el abrazo ardiente de su coño.

–¡Ay sí! –exclamó, disfrutando la inesperada invasión de mi dedo.

Apretaba sus nalgas con una mano, mientras que con la otra penetraba su coño mojado con el dedo, masturbándola y disfrutando de la sensación de tocar su interior mientras rebotaba sobre el sexo de nuestro paciente.

–Espera, espera Clara –suplicó. Quiero acabar sobre la cara de él mientras veo como te corres.

Retiré mi dedo de su abertura, y con cautela se giró sobre él, cuidadosa de no afectar sus brazos izados. Pensé que me correría ahí mismo cuando vi como mi jefa se sentó en la cara de nuestro paciente, y él sacaba la lengua, ansioso de probar su coño.

Su lengua se perdió entre sus pliegos, lamiéndola desaforado e impulsando sus caderas para intensificar las estocadas de su verga en mi sexo.

Sentí un deseo innegable de apretar sus senos, extendí las manos hacia su pecho y me regaló una sonrisa complacida cuando empecé a manosear sus tetas suaves y grandes. Entonces tomó una de mis manos en las suyas y la acercó a su boca, chupando mi pulgar y luego el índice, lubricándolos con su saliva. Mis dedos resbalaron sobre sus picos erguidos. Hizo lo mismo con la otra mano, para que entonces pellizcara sus pezones.

Echó la cabeza hacia atrás, sus tetas se bamboleaban con sus movimientos que se hacían cada vez más intensos, sus caderas se movían de adelante hacia atrás, frotando su pepita y raja jugosa sobre la cara del paciente. Éramos dos enfermeras haciendo el acto más perverso que jamás imaginé, entre las dos cabalgando a este hombre temporalmente discapacitado de una manera deliciosamente obscena.

Me mordí el labio inferior, el ritmo de mis sacudidas en aumento. Su miembro duro llenándome a capacidad. Entonces Raquel extendió las manos, con una pellizcó mi pezón y con el pulgar de la otra encontró mi clítoris y lo frotó sin clemencia, en instantes estaba gimiendo; cerré los ojos y solté un gritó ahogado cuando el orgasmo me atravesó como una centella. La ola de placer estalló desde mi centro, irradiando por todo mi cuerpo. La agarré por la muñeca para que se detuviera cuando ya no soportaba el estímulo de sus caricias. Las contracciones de mi coño fue lo que terminó por desbordar al paciente, sentí su verga hincharse aún más en mi canal hipersensible por el orgasmo para entonces percibir los chorros de su semen viscoso y caliente bañar mi interior. Sus gemidos se mitigaban contra el sexo de la jefa de enfermeras, quien no le daba respiro y seguía removiéndose sobre su cara. La chupaba, preso de su propio éxtasis. Mojé mis dedos con saliva y me dediqué a retorcer sus pezones, me incliné hacia delante para chupar sus tetas, sintiendo como la leche del paciente chorreaba de nuestros sexos fusionados, deslizando nuestros jugos combinados por su asta.

Mis manos y mi lengua asaltando sus tetas y el paciente lamiendo su coño, en conjunto logramos detonar su clímax. Ella misma se cubrió la boca para disimular sus ruidos de gozo mientras acababa sobre la cara del paciente, los jugos de su orgasmo inundando su boca.

Cuando nos bajamos de la cama del paciente, nos turnamos besando sus labios, saboreando la esencia que Raquel había dejado allí.

–¡Joder! –fue todo lo que pudo decir, contemplándonos desde su cama de hospital mientras miraba como nos vestíamos otra vez. Mi jefa se inclinó y chupó su miembro, limpiando los restos de nuestra crema con su lengua antes de reacomodar su ropa.

–Veo que estás perfectamente capacitada para darle atención especial a este paciente Clara –dijo Raquel–. Si en cualquier momento necesitas a una de las dos, no dudes en informarnos, solo tienes que preguntar por alguna de nosotras a cualquier otra de las enfermeras de turno.

–¿Y si necesito la atención de las dos? –preguntó con tono esperanzado.

–Me aseguraré de que nuestros horarios coincidan hasta que te den el alta del hospital –respondió ella, y nos guiñó el ojo antes de salir de la habitación

–¿Cuándo es tu próximo turno Clara? –me preguntó.

–Me toca otra vez mañana por la noche –repliqué antes de limpiar su rostro con una toalla humedecida.

FIN

Espiando a mi vecina
por la ventana

#1 Diario de una Chica Fácil

Devora Mela

Espiando a mi vecina por la ventana

#1 Diario de una Chica Fácil

Querido Diario,

Acabo de presenciar una de las experiencias más excitantes de mi vida. Hace ya una semana que me mudé a una nueva ciudad con mis padres. Vivimos en un lindo y amplio apartamento que la empresa donde ahora trabaja mi papá ha arrendado para nosotros. Todos los edificios en esta área son lujosos y poseen grandes ventanales en cada habitación. Desde la ventana de mi habitación puedo ver los apartamentos del edificio de al lado, he descubierto que me gusta mirar a los vecinos por la ventana y ver qué hacen. Siempre apago la luz para que no se den cuenta cómo los espío.

Esta noche, la vecina que vive en el mismo piso del edificio de al lado llegó a su apartamento con un hombre muy guapo. Los dos fueron directamente a su dormitorio. Ella tiene su cama al lado del ventanal, igual que yo. Supe que iba a ver un espectáculo cuando se tumbaron sobre la cama besándose y quitándose la ropa.

Él le desabrochó la blusa, tiene las tetas grandes y redondas, y de un jalón le bajó el brassier, haciendo que se desborden. Agarra cada una en una mano y empieza a chupárselas con hambre salvaje y necesitado. Cuánto quisiera conocer a alguien que me haga eso.

Después de chupar y estrujarle las tetas, él se echa para atrás y termina de desnudarla y quitarse la ropa, cuando los dos están desnudos, salgo un momento para buscar los binoculares que mi papá tiene en su estudio.

Cuando regreso puedo ver todo más de cerca. El hombre está acostado en la cama y tiene la verga durísima, apuntando al cielo, como un roble gordo y grueso entre las piernas. La vecina se pone de manos y rodillas con el culo hacia la ventana y se lo empieza a chupar; puedo ver como se lo mama porque tiene una peinadora con un espejo inmenso en la pared contraria a la ventana. Siento como mis jugos se empozan en mi ropa interior cuando ella se traga esa verga inmensa. Enfoco sus nalgas, puedo ver su raja; está mojadísima, los labios de su coño están recubiertos de crema.

Él mueve la mano entre sus piernas y le mete dos dedos en su abertura resbalosa; empieza a follarse su raja con la mano. En ese momento ya me había quitado la tanga y solo llevaba puesto el camisón para dormir; abrí las piernas y me metí el dedo medio en mi coño imaginando que era el dedo de él. No podía creer lo mojada que estaba, así que empecé a restregar mis jugos para frotarme el clítoris.

El hombre saca el dedo y jala sus caderas hacia su rostro, quiere que le ponga el coño en la cara. Me excito aún más viéndolos hacer el 69. Él la tiene agarrada por sus nalgas, apretando su generosa carne mientras tiene la cara perdida entre sus piernas. Se ve que se la come rico, porque ella ahora se lo mama como desesperada. A veces chupa solo la punta, pero luego baja y se traga esa verga hinchada hasta el fondo de su garganta; se le chorrea la baba por el esfuerzo, y le tiene el miembro bañado en su saliva. Seguro que está punto de correrse, porque está moviendo las caderas cada vez más rápido. Él la agarra con fuerza, puedo ver cómo entierra los dedos en su carne mientras ella lo cabalga desaforada follándose su boca, restregándole el coño en la cara. Se come su asta como una puta muerta de hambre, moviendo la cabeza hacia arriba y hacia abajo, no sé cómo se traga esa verga, pero se me hace la boca agua, yo quiero saber qué se siente mamárselo a un hombre mientras me come el coño.

Ahora sí se está corriendo, mueve las caderas rapidísimo pero casi no está chupando su verga, parece como si lo tuviese quieto en su boca y grita alrededor del asta que tiene entre sus labios. Se quedó inmóvil por un momento, le da una última y larga lamida antes de girarse y sentarse sobre el miembro que estaba chupando.

Su coño, que seguro está más mojado que el mío, se traga esa vara de carne, yo me estoy follando la raja con el dedo, penetrando mi excesiva humedad con lo único que tengo en estos momentos para masturbarme; quiero a alguien que me quite la virginidad y me meta un pipí grande y duro.

Ella está sentada encima de él, sus tetas cuelgan como dos melones cuando se inclina hacia su boca; sus labios y sus lenguas se enredan en un beso voraz. Ahora sus tetas se bambolean con el ondular de sus caderas mientras lo cabalga, él las agarra con las manos y se las lleva a la boca.

Imagino qué siente ella, cómo le chupa los pezones con fuerza, le roza la piel con los dientes. Siento el cosquilleo en mi clítoris, como se hace cada vez más intenso. Suelto los binoculares y me muerdo la mano para tragarme el gemido que escapa de mi garganta mientras me froto la pepita resbalosa, el placer estalla y me sacude toda, siento los espasmos contrayendo mi canal y mi raja expulsa más y más crema mientras acabo.

Cuando me recupero, agarro otra vez los binoculares. Han cambiado la postura, ella está acostada de espaldas sobre la cama con las piernas abiertas, se sujeta las tetas con las dos manos y veo su boca abierta, la muy perra puede gemir sin preocupación de que la escuchen. Yo quiero oír como chilla mientras se la folla. La mano de él se mueve rápidamente mientras se lo mete y se lo saca una y otra vez, le está frotando la pepita así como hice yo hace unos momentos. Mi vecina arquea la espalda y se le contraen todos los músculos por el segundo orgasmo que le está provocando. Llevo los dedos y me toco suavemente, siento chispazos eléctricos cada vez me la rozo.

Enfoco sus caderas fusionadas, él se la folla rápido y duro, me encanta ver como se lo clava y la agarra por las piernas abiertas como puta golosa. La carne de sus nalgas y sus caderas se menea cuando su pelvis choca contra su piel. De repente se lo saca y veo como de la punta le salen chorros de leche; le está acabando encima, bañándole las tetas y el abdomen de semen blanco y espeso. Cuando termina de eyacularle encima, ella recoge un poco de la crema con sus dedos y se le lleva a la boca, saboreándola con la lengua, le sonríe de manera picarona y se termina de untar las tetas con su nata.

Después de sacárselo, los dos se levantan y van al baño, seguramente a ducharse juntos.

Cuando miro el móvil, veo que es medianoche. Cierro la cortina de mi ventana antes de prender la lámpara de la mesita de noche. Hay un círculo mojado en la sábana justo donde estaba sentada.

Ésta es la primera entrada en este nuevo diario, es perfecto poder inaugurarlo con esta nueva experiencia, me da emoción pensar en todas las cosas que escribiré aquí a partir de hoy.

Estoy en una nueva ciudad y mañana empieza mi primer día de clases en una Universidad con más de 300 mil estudiantes. Estaré en un nuevo salón, conoceré a nuevas personas, y lo mejor de todo es que nadie me conoce ni sabe de mí, así que podré reinventarme y ser quien quiera ser. Creo que es momento de dejar de ser la niña buena que siempre he sido… De ahora en adelante quiero ser libre. Quiero probar y disfrutar todos los placeres carnales de esta vida; y antes de que termine el primer semestre quiero perder la virginidad de una manera perversa y espectacular.

Hasta pronto,

M.G.

FIN

Devóra Mela
Primera vez
con el papá de mi mejor amiga
Señorita Traviesa 3

Primera Vez con el Papá de Mi Mejor Amiga

Señorita Traviesa 3

Había pasado la noche en casa de María Celeste, mi mejor amiga. Dormimos hasta tarde porque su papá nos recogió de la fiesta a las dos de la mañana. Ambas estamos ansiosas por graduarnos y dejar el colegio atrás. Además, hace más de un mes que ya cumplí 18 años; siento que estoy lista para experiencias más maduras. Desde hace varias semanas tengo el deseo de perder mi virginidad, me he masturbado casi todos los días ante la fantasía de descubrir lo que se siente estar con un hombre, pero aún no había encontrado la persona adecuada con quién hacer mi fantasía una realidad.

La verdad es que las pocas veces que he besado a chicos, incluso dejé que mi último novio metiera las manos por debajo de mi camiseta y tocar mis tetas, no he sentido ni la más mínima inclinación a dejar que vaya más lejos. No me excito con sus besos ni sus caricias como me sucede cuando leo historias eróticas en internet.

Nunca imaginé que mi primera vez sería con un hombre mucho mayor que yo, y que ese hombre fuese el papá de mi mejor amiga.

Los padres de María Celeste estaban divorciados, así que vivía una semana con su mamá y una semana con su papá. Este estilo de vida inevitablemente hacía que se le quedaran cosas importantes en casa de uno cuando estaba donde el otro. Después de despertarnos cerca del mediodía y comer lo que nos había preparado el Señor Reyes, María Celeste se enojó al ver que se estaba quedando sin batería en el teléfono y no tenía su cargador. Ni el celular de su papá ni el mío eran compatibles, y mi amiga se frustró aún más al hablar con su mamá y que ella estaba fuera y no se lo podría traer. Estaba ansiosa por ver si Leo, un chico de otro colegio que conoció en la fiesta de anoche le mandaría un mensaje; así que en su impaciencia, en vez de esperar que su papá la acercara hasta la casa de su mamá, o que yo me bañara y vistiera para acompañarla, decidió irse apenas terminó de comer en transporte público.

El apartamento del papá de María Celeste era pequeño y tenía un solo baño; me había quedado a gusto bajo el agua caliente, y por lo visto había pasado mucho tiempo en la ducha, porque hubo un repentino golpe en la puerta.

—Helena, ¿puedes darte prisa? Estoy desesperado —dijo el Señor Reyes, dejándome sobresaltada.

—Tardaré unos minutos —admití.

Me encanta pasar mucho rato en la ducha, no por ser desconsiderada; simplemente me quedo absorta en el proceso de enjabonar mi cuerpo, lavar mi cabello y disfrutar el chorro de agua acariciando mi piel.

–Vamos Helena –escuché su voz de nuevo–. Me estoy reventando.

Era un poco extraño tener una conversación con él mientras me duchaba. Sentía emociones conflictivas en mi interior… una parte de mí sabía que lo correcto era salir de la ducha y dejar que el Señor Reyes utilizara su baño. No era más que una invitada en su casa; una invitada que conocía desde hace años, pero aún así, no era mi casa. La otra parte, quería que él entrara y estuviera allí mientras yo estaba desnuda en la ducha de su baño. No sé de dónde surgió esa idea, ni la la intensa emoción que generaba en mi interior.

Aparté la cortina de la ducha y rápidamente salí para quitar la tranca de la puerta y volver detrás de la privacidad de la cortina. Ya allí dije en voz alta– ¡Ya puede pasar Señor Reyes!

–Lo siento Helena –le escuché decir mientras entraba al baño–. Ya no aguanto más. Te encanta darte tu baño de princesa, ¿no? –dijo con un poco de risa mientras oía el sonido de cómo se bajaba la cremallera del pantalón.

Mi corazón se había acelerado como si hubiese corrido un maratón; en este momento lo único que nos separaba era la delgada cortina de baño. De un lado estaba él, sacando su miembro para orinar, y del otro lado estaba yo, desnuda y mojada mientras aún corría el agua de la ducha.

Escuché cuando soltó un suspiro de alivio al poder usar el baño y una curiosidad desesperada se apoderó de mí. Nunca antes había visto un hombre desnudo en vida real, particularmente ver un pene en vida real; la idea descabellada dominó mis pensamientos y una sensación de urgencia se apoderó de mí. ¡Quería verlo! ¡Necesitaba verlo! Era como si ésta sería la única oportunidad en la vida que podría ver el entrepierna descubierto de un hombre; y ese hombre era el papá de mi mejor amiga.

De manera aprehensiva, agarré el borde la cortina y la aparté lo suficiente para asomarme y verlo. Había terminado de aliviarse, y por unos segundos antes de que guardara su miembro de nuevo en su pantalón, pude verlo… su verga.

Tiró de la cadena y entonces me vio mirándolo.

–¿Helena? –preguntó confundido–. ¿Me estabas viendo orinar?

–Lo… lo siento Señor Reyes… es que… quería saber…

–¿Qué querías saber?

–Cómo se veía tu… ya sabes…

–¿Mi verga? ¿Querías saber cómo se veía mi verga?

–Mmmm… sí –respondí, sintiéndome repentinamente muy avergonzada. Ya pensaba que más nunca podría mirarlo a la cara, cuando entonces me sorprendió– Bueno, ¿echaste un buen vistazo?– preguntó, volviéndose hacia el fregadero y lavándose las manos.

—No tanto como quería —respondí, nerviosa si debía admitir eso.

Alzó las cejas en asombro y la curva de una sonrisa incrédula alzó la comisura de sus labios mientras se secaba las manos.

—¿Quieres echar otro vistazo?

—¿En serio? ¿Me dejarías? —Pregunté tratando de disimular mi emoción.

—Supongo que se puede considerar como una especie de educación sexual, ¿no?

—¡Sí! ¡Totalmente! —exclamé. Aunque una parte de mí sabía que esto no era realmente la manera apropiada de saciar mi curiosidad sobre la anatomía masculina. Sin embargo, estaba tan emocionada ante el prospecto de poder contemplarlo de nuevo que más nada me importaba.

—Aquí está —dijo, desabrochando sus jeans y sacó su miembro. Estaba embelesada contemplándolo, mi cara asomada por la cortina de la ducha mientras el agua caía por mi espalda y mis piernas. Se veía más largo y grueso de lo que pensé que vi instantes antes cuando mi pilló espiándolo.

Toda la situación se sentía prohibida, deliciosamente prohibida, como comer golosinas cuando no tienes permiso. El Señor Reyes me estaba mostrando su verga y él quería que lo viera. Se sentía sensual y provocador en ese baño vaporoso.

–Qué increíble como crece –dije al notar que su verga se estaba estirando sobre la palma de su mano, volviéndose más largo, grueso y firme.

Percatándose de lo que ocurría, empuñó su sexo para guardarlo.

–¡No! –exclamé– ¡Todavía no!

Se detuvo y podía ver en su expresión que estaba sopesando las consecuencias.

–Helena, creo que ya deberíamos dejarlo.

–No, por favor –supliqué–. Solo déjame ver como crece. Más nadie sabrá de esto. ¡Se lo juro!

Mis ruegos inocentes lograron convencerlo, así que abrió la mano otra vez, dejándolo apoyado sobre su palma mientras yo contemplaba fascinada como su verga se hinchaba.

Me mordí los labios mientras se ponía duro frente a mis ojos; y deslicé un dedo hasta el triángulo de mi sexo, frotando suavemente mi clítoris palpitante y excitado. Un pequeño gemido escapó de mis labios, y el Señor Reyes al ver mi expresión dijo– Creo que ya has visto suficiente.

Volvió a moverse para guardar su verga, pero yo estaba presa del deseo. Me sentía consumida por las ganas de explorar todo esto y llevarlo más lejos, ni siquiera con las lecturas más calientes me había sentido así de excitada, y haría cualquier cosa para seguir sintiéndome así. Por lo que cerré el agua, aparté la cortina y salí de la ducha.

–¡No, por favor!

Ahora estaba de pie frente al Señor Reyes, completamente desnuda y mojada.

Sus ojos quedaron clavados en mis tetas, y luego bajó la mirada por mi cintura y entre mis piernas, notando plenamente la mujer en la que me había convertido.

–Helena, ¿qué estás haciendo?– preguntó, dando un paso atrás sin quitarme los ojos de encima

–Quiero verlo Señor Reyes –dije, moviéndome hacia él–. Quiero tocarlo.

–No podemos hacer esto Helena. María Celeste puede llegar en cualquier momento.

–Por favor Señor Reyes –dije con mi voz más suplicante–. Le juro que María Celeste jamás se va a enterar. Es que me muero de curiosidad, y ahora que lo he visto, quiero más. Quiero sentirlo en mi mano… en mi boca…

–Helena –dijo en tono serio, pero pude notar que su autocontrol estaba flaqueando–. Tú y yo sabemos que si lo tocas… si te lo metes en la boca… no va a quedar solo en eso.

–Lo sé –dije y me mordí el labio.

Exhaló y negó con la cabeza–. No deberíamos hacer esto.

–Por favor Señor Reyes… por favor… compláceme.

Me acerqué lentamente hasta él, extendiendo mi mano hacia su verga tiesa. Mi estómago revoloteaba y la adrenalina corría como fuego por mis venas.

Él asintió lentamente y luego miró hacia abajo, contemplando como mi mano rodeó su tronco.

Los dos exhalamos un suspiro cuando tuvimos ese primer contacto prohibido. Se sentía tan rígido y cálido en mi mano. Lo apreté suavemente, deleitándome en la sensación de tocarlo.

–Eso se siente tan rico princesa –dijo en voz baja.

Estaba emocionada y deseosa de complacerlo, la excitación que me provocaba me tenía embriagada.

–Métleo en tu boca –dijo el Señor Reyes, desabotonando su camisa.

Sin soltarlo, me arrodillé sobre la alfombra de baño, mirando como se bajaba los pantalones y la ropa interior, dejándola alrededor de sus tobillos.

–Chúpame la verga Helena –dijo apartando el cabello de mi

cara para sujetar mi cabeza y guiarla a su verga hinchada.

Me relamí los labios antes de abrir la boca y rodear la piel rosada de su corona. En mi boca se sintió aún más duro y prominente. El Señor Reyes gimió gustoso, como si no hubiera sentido una boca alrededor de su verga en en mucho tiempo.

Pensé en las historias que me gustaban leer y me concentré en mamárselo de la mejor manera que era capaz. Me aseguré de no rozarlo con los dientes, movía la cabeza lentamente de adelante hacia atrás, saboreándolo y bañando su longitud con mi saliva mientras sujetaba la base de su verga, familiarizándome con esta situación completamente nueva.

Mi coño estaba más mojado que nunca, podía sentir la humedad de mi excitación acumularse en mi interior y chorreando por mi canal, untando mi raja con mis jugos.

Se lo chupaba lo mejor que pude. Parecía gustarle lo que le hacía, porque empezó a bombear las caderas, follándose mi cara con estocadas suaves. Sentir como metía y sacaba su verga dura de mi boca me hizo pensar en cómo se sentiría metiéndomelo entre las piernas.

–Qué rico me lo mamas princesa –dijo acariciando mi cabello–. ¿Te gusta chupármelo?

Hice un sonido de asentimiento lo mejor que pude con la boca llena de su verga y aceleré un poco más el ritmo, dándole a entender que me gustaba hacerlo y que quería que lo disfrutara.

—Tócate mientras me lo chupas —sugirió con voz lujuriosa.

Moví la otra mano entre mis piernas y froté mi clítoris resbaladizo con mis jugos.

—Así es — murmuró, viendo cómo se lo mamaba mientras frotaba mi pepita

—Tócate rico y déjate bien mojada para cuando te meta mi verga.

Sus palabras hicieron que mi corazón latiera desbocado. Estaba tan excitada, no me cabía ninguna duda que por más incorrecto que fuera, quería que el papá de mi mejor amiga fuese el hombre con quien perdería mi virginidad.

—Date la vuelta y ponte en cuatro.

Hice lo que me dijo, moviéndome en la alfombra, mi culo hacia él mientras estaba de manos y rodillas. Estaba un poca nerviosa al ponerme en esa posición, tan expuesta a sus ojos. Me tensé cuando sentí su aliento sobre mi raja empapada y volteé la cabeza justo a tiempo para ver su cara haciendo contacto con mi cuerpo. Cerré los ojos y gemí tan pronto sentí su lengua hurgando mis pliegues, besando y lamiendo mi coño. La sensación era increíble, nunca antes me habían hecho sexo oral.

—¡Ay! ¡Señor Reyes! —jadeé aferrándome de la alfombra e inclinándome hacia el suelo. Mis pezones rozaban la alfombra y movía mi pecho, gozando de la sensación en mis tetas mientras el Señor Reyes se dedicaba a lamerme entre las piernas.

Su lengua subía y bajaba por mi raja hasta dejarme hecha un mar de saliva y mis propios jugos. Sus labios y barbilla se deslizaban sobre mí sexo, chupando y saboreaba mi coño con gula. Cuando su lengua revoloteó sobre mi clítoris, empecé a mecer las caderas, echándome hacia atrás, consumida por el placer que me daba, segura de que acabaría en cualquier momento.

El Señor Reyes seguía chupándomela, estimulado por mis gritos y sacudidas. Me estremecí cuando me metió un dedo, lo sentía grande, pero sabía que su verga se sentiría aún más grande. Metía y sacaba el dedo de mi raja sin dejar de lamer mi clítoris, conduciéndome expertamente hacia un orgasmo. Mi cuerpo se tensó y me agarré a la alfombra, apretando los dientes y gimiendo cuando el clímax más maravilloso estalló desde mi centro.

Estaba jadeando por el placer explosivo que me provocó cuando lo sentí ponerse de rodillas detrás de mí. Sus manos agarraron mis nalgas y las apretó, hincando los dedos en mi carne.

–¿Estás lista?

–Estoy lista Señor Reyes –dije tratando de contenerme. – Quiero que me lo metas.

Separó los labios de mi sexo con su corona bulbosa,

untándolo con mis jugos antes de avanzar y penetrar mi entrada virginal.

Su verga estaba presionando contra mi raja estrecha, empujando lentamente para entrar. La abertura de mi sexo comenzó a ceder y lo dejé traspasarme.

Apreté los dientes mientras su verga me estiraba. El dolor fue agudo y rápido, pero pronto dio paso a un placer intenso que me hacía retorcerme de gusto. El Señor Reyes terminó de enterrar su rígido grosor en mi canal, arrancando otro grito de mi garganta. Lo cual hizo que se retirara antes de penetrarme otra vez, centímetro a centímetro.

Se movió con suficiente lentitud como para que pudiera sentir cada vena que surcaba su verga dura, al paso de los minutos iba acelerando el ritmo hasta que sus caderas chocaban contra mis nalgas ruidosamente. El sonido de nuestro acto prohibido retumbaba en el pequeño espacio del baño. Se sentía tan rico, y me sentía tan llena a medida que metía y sacaba su verga de mi coño. El papá de mi mejor amiga no se detenía, me empalaba una y otra vez en cuatro en el piso de su baño y yo gemía de gozo, retorciéndome de placer cada vez que sentía como su verga rozaba un punto profundo en mi interior que me estremecía de pies a cabeza.

—Me encanta lo apretada que te sientes princesa —jadeó, estrellándose sonoramente contra mis nalgas mientras me cogía.

—¡Quiero que me llene toda! —exclamé consumida de deseo—. Quiero que me acabe adentro y me llene todita.

—Uy princesa —exclamó sorprendido—. Te la voy a dejar chorreando con mi leche.

Sus embestidas se aceleraron aún más. Me lo estaba metiendo duro y rico, mis tetas bamboleando y rozando contra la alfombra. Me sentía increíble y quería memorizar cada sensación de este momento para siempre.

—Estoy cerca princesa —advirtió y sentí como se hinchó aún más dentro de mí.

—Lléname toda —gimoteé.

Se detuvo un momento, enterrado en lo más profundo de mi canal y sentí como su verga pulsó en mi interior antes de liberar la primera cinta de leche viscosa en mi coño. Se mecía suavemente mientras vaciaba su semilla caliente en mi interior. Eyaculaba más y más semen, bañando mi canal y untando su verga dura mientras lo movía de adentro hacia fuera.

Cuando sacó su longitud de mi cuerpo, mi coño lo apretó una última vez, cerrándose como si tratara de atrapar su semen en mi interior.

—¡Dios! —exclamó, mirando mi raja enrojecida que chorreaba su esencia blanca y viscosa de mis pliegos—. ¡Eso se sintió increíble!

–¿Siempre es así de rico? –pregunté enderezándome.

–Sí, dependiendo con quién lo hagas –respondió al ponerse de pie y dándome la mano para levantarme.

Se vistió rápidamente y me dio un beso apasionado en los labios. Suspiré cuando nuestras lenguas dejaron de entrelazarse, pero no podíamos permitir que mi mejor amiga, su hija, nos encontrara así.

–Gracias Señor Reyes, me encantó –le dije, dándole un último beso antes de que saliera del baño.

FIN

Acerca de la Autora

Devora Mela vive en una ciudad sobrepoblada
de Latino América. En las noches, antes de dormir, le gusta leer
relatos eróticos cortos y calientes que la exciten rápidamente.
Ahora escribe sus propios relatos de lo que ella quisiera leer.
Espera que también te excites con el producto de su imaginación.

Si quieres enterarte de la publicación
de sus nuevos Relatos XXX,

visita su Twitter (@relatos_xxx)
o Instagram (@cuentos_calientes)

Universo Erótico

Para enterarte de nuevos relatos de Devora Mela
y otras autoras de Universo Erótico,
visita nuestras redes sociales y página web,
donde encontrarás enlaces a relatos gratis, novelas,
promociones especiales, y más.

relatoseroticosxxx.com

Porque ser sexy nace en tu imaginación ;)

Más Libros de Universo Erótico

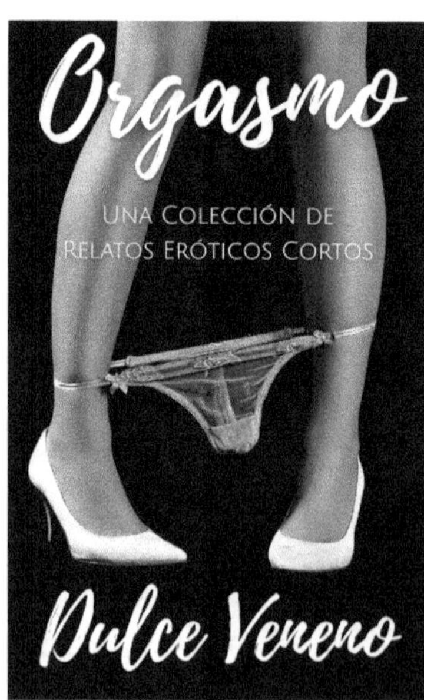